惡魔高校D×D

惡魔的工作

8

石踏一榮

ICHIEI ISHIBUMI

Kadokawa Fantastic Novels

彩頁・內文插圖／みやま零

目錄

※閱讀前請注意！

基於刊登在雜誌上的時期，內容和本篇有時間關係上的差異。還請各位多多包涵。

另外，這本短篇集涉及過度激烈的「胸部」描寫。請避免放置在幼童可以取得的地方。

Life.1 惡魔的工作

雖然有點唐突，我正為了不知道該拿眼前的物體如何是好而感到困惑。

我的眼前有胸部。

是的，就是那個胸部。正是乳房無誤。看起來柔軟至極的渾圓物體出現在我的眼前，而且還是兩個。

我應該用力吸下去嗎……不，在那之前我先說明一下狀況為什麼會變成這樣吧。

上體育課時，我因為身體不太舒服來到保健室。不巧的是保健老師不在，所以我打算在老師回來之前先躺在床上……

看來我就是因為這樣，不小心小睡片刻。

「嗯——」醒來的我睜開眼睛，便看見像雪一樣白皙的胸部。

我看過這對胸部。話說我直接看見的裸胸只有老媽，以及另外一位。

我稍微移動視線，確認胸部的主人是誰。

「呼——呼——……」

留著一頭鮮紅長髮的社長睡得正香。她是我的「大姊姊」。
……為什麼社長會在我睡覺時出現在床上……而且還是全裸……
話說妳的黑色翅膀從背上伸出來了，社長。是不是因為睡著之後毫無防備就跑出來了。
不久之前我也和社長同床共枕。詳細情形在此省略，總之有這麼回事就對了。
那時的社長也是全裸，當時的景象我還儲存在腦中。
沒錯，當然要永久保存！偶爾也會在發洩我的年輕氣盛時派上用場！
沒想到第二次同床共枕的機會這麼快就來臨……而且不知道為什麼，她還是抱著我的頭入睡……
我的鼻尖可以感覺到胸部的觸感……
胸部真是太棒了！好柔軟啊！
可惡，淚流不止！寶物就在眼前，我卻無法下手──！
難道我只能用鼻尖來享受嗎！
就在我獨自煩惱的這段期間，社長好像醒了，緩緩睜開眼睛。
「……哎呀，一誠。呼啊──」
社長打個呵欠。
「……社、社長，現、現在這是，什、什麼狀況……」

心跳加速的我如此一問，社長便摸摸我被她抱在懷中的頭同時開口：

「我覺得有點累，所以想來保健室小睡片刻，沒想到看見一誠躺在這裡，於是鑽進來叨擾一下。」

「叨、叨擾……」

我不知道該說什麼。還有這種事！在我小睡片刻的時候居然會有這種發展！

「打擾到你了嗎？」

「不會！太棒了！不是！應該說，該怎麼說呢！」

打擾？

怎麼會！我都感動到淚流不止了，社長大人！

「不、不過如果只是小睡片刻，全、全裸會不會有點誇張啊？」

「我要是不脫光就睡不著。而且如果有抱枕還是布偶可以抱著睡的話就更完美了。」

抱、抱枕。布、布偶。這樣啊，我是抱枕、布偶的替代品吧。不不，這樣已經很好了！

社長目不轉睛地盯著我的臉。怎麼了嗎，社長？

「……一誠喜歡女生的胸部嗎？」

「是的！最喜歡了！」

我立刻回答。那是當然。

這是我的真心話。唯有這點我無法說謊。我是以情色為動力的高中男生。

聽見我的回答，社長露出小惡魔的微笑。

她把臉貼近我的耳邊。一頭紅髮散發宜人的香味。我的腦袋快要因此融化了。

然後是最具殺傷力的這句話。

「想不想摸我的胸部？」

——————！

聽見她在耳邊說出這句「想聽女生說的台詞」前幾名的話語，某種無以名狀的感覺在我的全身上下流竄。

我想摸！我想揉！我想吸！這是男人的夢想！

正當我腦中開滿小花時，社長接著說道：

「那麼你要答應我一件事喔？」

「好！」

什麼事！為了揉胸部要我做什麼都可以，大姊姊！妳有任何要求我都答應！

正當我腦中充滿桃色思想時，社長面帶微笑開口：

「訂個契約回來吧。」

「我們到了——」

愛西亞元氣十足地打招呼。我和愛西亞一下課就來到社辦。

「哎呀哎呀，一誠和愛西亞這麼快就來了。要不要喝茶？」

笑咪咪的朱乃學姊面帶笑容迎接我們。

今天的朱乃學姊，亮澤的黑髮馬尾一樣美極了。胸部也還是那麼大。

「我要喝！」

聽見我的回答，朱乃學姊便將熱水瓶中的熱水注入茶壺。看來除了我以外的成員都已經到了。社長也已經在後面優雅喝茶。

「嗨，小貓。」

我向坐在房間角落的嬌小少女打聲招呼。

「……你好。」

呵呵呵。哎呀——她們兩位，再加上全校第一美少女莉雅絲社長以及愛西亞，就是一支無敵美少女團隊。充滿美少女的神祕學研究社！真是最強的職場！

要說我來這裡只是為了見她們也不為過。啊啊，加入神祕學研究社真是太棒了！這裡的空氣既清淨又新鮮！

「嗨。」

這時有個傢伙舉手向我打招呼……是木場。長相爽朗，是個令我感到不爽的型男。本校男生的公敵。嘖。該死的型男。

「啊——你好你好。」

我半瞇著眼睛冷淡揮手。嘖。臭型男。

「人都到齊了。那麼我們進入正題吧。」

社長確認我們之後如此說道。我和社員們圍著社辦裡的桌子在沙發上坐下。首位當然是紅髮的社長大人。神祕學研究社的例行會議就此開始。

—○●○—

「我會以監督的身分陪一誠一起去。」

會議一直持續到晚上，在議題討論到我身上時，社長一開口就是這句話。

神祕學研究社的活動方針。表面上是在校內針對神祕學進行研究。像是鬼魂、魔術之類的，我們主要的活動就是調查這方面的事。

但是真正的活動內容完全不是這麼回事。

我們是惡魔。在天色昏暗之後，真正的「工作」才會開始。

惡魔的工作就是透過魔法陣接受召喚，和呼喚我們的人簽訂契約。內容是實現契約者的願望，換取相對的代價。

代價可以是金錢，可以是物品，有時候也會取人性命。

最近很少有人主動畫魔法陣召喚惡魔，所以現代的惡魔都是將印好魔法陣的傳單發給看起來欲望很強烈的人類，藉此完成召喚手續。

話題回到會議上。有關惡魔的工作，我在這方面總是留下十分難看的成果。

直到現在為止，我還沒訂過一個契約……嗚嗚，連我都覺得好丟臉。

不，我還是有我的工作。這個沒問題。然而一旦前往契約者身邊，老是會碰上莫名其妙的事，每次都談不成契約。

可是又可以和那些召喚我的人交朋友……不過簽訂契約才是惡魔工作的重點，即使交情變得再好，無法實現他們的委託就沒有意義。

社長也為了我的成績不振感到煩惱，最後終於說出剛才那句話。

沒想到還得勞煩社長……我真是個沒用的男人。而且那些召喚我的人都是變態。

照這樣下去，我又怎麼能實現後宮王的夢想呢。是的，沒錯！我要以惡魔的身分不斷簽訂一個又一個的契約，最後出人頭地，讓魔王陛下賞賜爵位給我！

成為上級惡魔之後，收一大堆美女、美少女作為惡魔僕人，建立專屬我的後宮！

為了那一天，我迎接辛苦的基層員工生活……然而現實是殘酷的。

可惡！我好想要左擁右抱，大談一夫多妻制啊——！

「……禁止低級妄想。」

嗚啊！小貓帶著輕蔑的眼神如此說道。她好像識破我的妄想。

平常明明那麼沉默寡言又面無表情，偶爾冒出的一句話卻有相當有力。

「呵呵呵，因為你一臉猥褻的笑容。」

木場爽朗地大放厥詞。

噗滋！我的腦袋裡好像有哪個地方猛然斷裂。

「吵死了——！木場——！我和你不一樣，只有在妄想中才有女人緣！只能在腦袋裡做色色的事！我的妄想是屬於我的！混帳！我也很想生來有張帥臉啊！地球上的型男都給我消失！擁有後宮的靈長類都是我的敵人！」

我喊出心中的怨恨，眼淚都快流出來了。

「真是的，有什麼好哭的。說什麼靈長類，你該不會把黑猩猩、大猩猩之類的動物也視為敵人吧？」

社長嘆口氣，摸摸我的頭。

「嗚嗚，如果能吸引女性，我也願意展現媲美死亡金屬樂的瘋狂捶胸動作啊……為什麼我們要從大猩猩進化成人類……」

我已經開始胡言亂語，想到什麼就說什麼。不過社長的摸摸頭超棒的。

啊啊，讓美少女對我做這種事，我內心的傷痛也逐漸消失。

錚！

這時畫在社辦地板的巨大魔法陣亮了起來。魔法陣發出藍白色的光芒，輕輕照亮室內。

這個魔法陣發光，就表示我居住的城鎮某處有人打算召喚惡魔。

也就是說，有充滿欲望的人類正在呼喚我們。我們會從這個魔法陣轉移到委託人身邊，實現他的願望。惡魔的工作就是從此開始。

朱乃一邊搖曳馬尾一邊走過去，舉手對著魔法陣，像是在調查什麼。

花了幾秒鐘的時間確認，她朝我和社長露出笑容：

「社長，這好像是一誠也能解決的願望。」

聽了她的報告，社長點點頭：

「我知道了。那麼一誠，我們走吧。」

社長牽起我的手，準備拉著我走向魔法陣。

「社、社長！妳真的要和我一起去嗎？」

她真的要監督我的工作情形嗎？這、這樣一來我可能會因為不好意思，表現得比平常還要笨手笨腳吧！

正當我感到困惑時，社長伸出手貼著我的臉，面露微笑：

「因為你是我可愛的僕人，我當然要好好照顧你。所以跟我來吧。」

嗚……太卑鄙了，社長。妳都這麼說了，叫我怎麼能不想依賴妳呢？

「是的，請多關照。」

我不禁滿臉通紅。

「一誠先生！請加油！」

在愛西亞的聲援下，我和社長一起消失在魔法陣的光芒中。

—○●○—

耀眼的光芒退去之後，眼前是某個房間。從室內的格局來看，我們應該是跳躍到哪間公寓來了吧？

我環顧四周，室內充滿戰國擺飾！

牆上掛滿收在刀鞘裡的模造刀，隨處貼著城堡的海報。還有一幅毛筆寫的「風林火山」題字，筆力萬鈞。

架子上還擺著戰國武將的頭盔。室內有些昏暗，光源來自日式紙燈和燈籠。

「喔哇！」

我忍不住驚叫出聲。那當然，因為眼前有一副武將的鎧甲。

像這種鎧甲，應該有個「○○具足」之類很複雜的漢字名稱沒錯吧？看起來好昂貴。

在來自紙燈的光線照耀之下，顯得更為詭異。

不過委託人是誰啊？是誰召喚我和社長？我四處張望，朝室內的各個角落看來看去，都不見人影。

「請、請問……」

喀嚓。

這時傳來一個女生的聲音，戰國武將的鎧甲也跟著動了一下。

「嗚哇！」

我又不禁驚叫出聲。

「兩、兩位是惡魔嗎……？」

我感覺到蓋住臉部的面罩底下射出銳利的視線！這個壓力真不是蓋的！但是聲音卻和氣

魄正好相反，可愛極了！那、那真的是女生嗎……？

「啊，是的。我們是惡魔。」

我一面掩飾驚訝，一面用力點點頭。

「還、還真的召喚出惡魔了……我……」

「不、不好意思，冒昧請教一下。妳、妳是女生嗎……？」

鎧甲武士以點頭回答我的問題。

「不過真是太驚人了……原來真的有惡魔……」

什麼太驚人了，我才想這麼說！哪個世界會有女生在家裡是穿鎧甲的！

「我的名字是蘇珊。如兩位所見，我的興趣是收集戰國擺飾……」

蘇珊？外國人啊！驚人的事實也太多了！

「請原諒我的打扮……因為深夜總是有點危險，才會忍不住像這樣穿上鎧甲護身……」

吐嘈「妳的模樣看起來才危險」就輸了吧。

「文化交流的基本就是接觸該國的特色。值得稱讚。」

社長不住點頭，似乎相當佩服。不不不，這樣不太對吧。

「不過真是太好了。幸好來的是溫和的惡魔。我原本心想如果出現可怕的惡魔，就不得不拔出這把『鬼神丸國重』……」

蘇珊拿起收在刀鞘裡的日本刀。好可怕！這樣真的很可怕，蘇珊！

「所、所以妳召喚我們惡魔的理由是什麼？妳有什麼願望才會召喚我們吧？」

我這麼一問，甲冑底下便傳出啜泣的聲音。

「……請陪我一起去留學的大學拿筆記本……深夜的大學好恐怖喔……」

對我來說妳才是最恐怖的。這是絕對不能說的禁句。

喀嚓、喀嚓。

深夜裡在住宅區徘徊的鎧甲武士。這已經算是靈異現象了吧。我們這個城鎮會變成靈異景點啊。

我和社長接受蘇珊的請求，保護她前往位於市內，她所就讀的大學。老實說，我覺得她並不需要我們的保護……

蘇珊依然是一身鎧甲武士打扮。現在可是深夜耶？她醞釀出來的感覺比屬於夜晚的我們這些惡魔還要像樣，這到底是怎麼回事。

可惡！果然會召喚我的全都是些怪人！

我和社長原本說只要我們兩個去大學拿筆記本就可以了，但是蘇珊表示「不行不行，我怎麼好意思讓兩位惡魔去拿呢。我也要去！」便哭著跟過來。

「喔喔喔喔喔喔喔……」

或許是夜路讓她覺得很可怕，蘇珊邊走邊哭。不要用那種有如低吟的聲音哭好嗎？超震撼超恐怖的。

社長還說「讓這種奇才當人類真是太浪費了。」對蘇珊散發的獨特氛圍很有興趣的樣子。蘇珊，妳要小心惡魔的凝望！

她十分膽小，只要稍微感到恐懼就會揮舞日本刀保護自己。

她好像把明天要用的重要筆記本忘在大學，為此傷透腦筋。這時看見呼喚惡魔的傳單，所以才會進行召喚。

原則上還是收取代價。我原本想說這不是什麼大不了的願望，當成義務幫忙也無所謂，但是蘇珊堅持一定要付，所以採納她的意見。

題外話，代價是城堡的模型。看來只能放在社辦當擺飾了。朱乃學姊看到或許會很開心吧。做為代價的城堡模型已經透過魔法陣傳送到社辦。

「別那樣膽戰心驚。有我跟著妳，妳大可昂首闊步。」

「嗚～～謝謝妳～～」

社長跟在蘇珊身邊為她打氣。大剌剌走在馬路上的鎧甲武士也很恐怖啊，社長。

「不過穿著一身鎧甲，妳不覺得重嗎？」

這是我提出的問題。穿著鎧甲走路相當費力喔。而且她又是女生，這樣應該很累吧？

「這不是問題。別看我這樣，只要一有空我就會穿上鎧甲運動。當然只是在室內運動。古代的武將可是穿著鎧甲在戰場上四處奔走，所以我也得有同等程度的能耐才行。」

妳在和什麼東西競爭啊……我真的搞不懂妳，蘇珊。

喔，看來半夜和鎧甲武士的散步也到此結束。我們的目的地，大學就在眼前。

「啊，這裡就是我就讀的大學……看吧？陰森森的很嚇人吧？」

不，我覺得妳比較陰森。深夜的大學前面，站著一個鎧甲武士。太恐怖了。

「好了，我們進去吧。啊啊，好恐怖喔……」

接下來鎧甲武士將在大學裡四處徘徊。光是想像就讓我渾身發抖。

工作就這麼順利進行。

成功取得筆記本，我們回到蘇珊的房間。

由於契約已經履行，社長也在室內的地板展開魔法陣，想必是回程用的吧。

「那麼我們就先回去了。」

笑容滿面的我向蘇珊道別。

呼呼呼。我的嘴角忍不住上揚。那是當然。我順利完成工作這件事，有很重大的意義。

沒錯，我完成和社長的約定了！完成工作之後，我就可以揉社長的胸部了！

一想到可以把臉埋進那對豐潤的胸部之間，我就止不住性衝動！啊，血氣方剛導致的亢奮逐漸高漲！

我的視線已經對準社長的胸口，眼睛片刻不曾移開！

我想一想，首先是右邊的胸部，我要以畫圓的方式揉來揉去！同時也伸手托住左邊上下晃動，充分感受重量感——

「那、那個……」

正當我滿腦子都是下流妄想時，蘇珊忸忸怩怩地開口。

咦？怎麼了？一個鎧甲武士一邊扭來扭去一邊找我講話，簡直毛骨悚然到了極點……

「……這樣或許有些逾越……但是如果不會太過失禮，其實我還有一個願望，希望兩位可以幫我實現……」

願望？想多跟我們訂一個契約吧。

咦——……我想早點回去和社長——

「可以啊，沒問題。」

我明顯露出嫌惡的表情，但是身旁的社長爽快答應了。等一下，社長！妳還要幫這個鎧甲武士少女實現願望啊——！

社長完全不顧快要哭出來的我，為了聆聽蘇珊有什麼願望而解除魔法陣。

嗚嗚……社長的胸部離我遠去……

社長把大失所望的我丟在一旁，聆聽蘇珊說話。

蘇珊像個羞赧的少女忸忸怩怩開口：

「其、其實……接、接下來我想下定決心對同一所大學的人發動攻勢……」

「妳是指會戰嗎？咦？難道妳想試刀？」

「不、不是的！」

喔——不是啊。因為她說什麼發動攻勢，害我一不小心就聯想到發動戰爭那方面。

「其、其實，我有個喜歡的男生……雖、雖然我的個性很內向，還是很想把我的心意傳達給他……」

原來如此。有喜歡的人啊。

腦中第一個浮現的形象，是滿臉鬍子，外表嚴肅，彷彿戰國武將的大漢。這個鎧甲少女會喜歡的男生大概就是這種感覺吧。笑起來則是「哇哈哈哈哈！」的豪邁大笑。稱呼對方會用「爾」之類的。

聽完她的原委，社長笑著點頭：

「好棒的願望啊。好，我就接受妳的願望吧。」

「真的嗎？太好了！惡魔小姐真是好人！」

聽到社長答應，蘇珊跳起舞來。不要穿著鎧甲踏舞步好嗎！很可怕耶！

「那麼我們該怎麼做才好？在妳告白時幫妳安排華麗的特效？或是乾脆使用魔力幫妳擄獲對方的心？」

「不是不是！那、那個，如果可以我想憑自己的力量完成這件事……只是我還是第一次做這種事……不知道該如何著手。」

嗯。她不同意靠惡魔的力量強制將喜歡的男生變成她的情人。也就是說，她想靠自己的力量成就這段戀情。

不過她不知道該怎麼做，所以才找我們幫忙吧。

「直接把妳的心意傳達給他，是最快的辦法吧。」

社長輕聲表示，然而蘇珊用力搖頭：

「這、這麼突然我辦不到！」

「那麼寫信之類的呢？」

社長也贊同我的意見。

「也對。情書是個好主意。以文字來傳達心意也是很棒的做法。」

「我、我知道了！我、我寫寫看！」

蘇珊跑到屋內的一角東翻西找，拿出一堆東西。

是文房四寶。她在地上攤開一張長宣紙，然後開始在硯台磨墨。

磨——磨——……

室內的擺設搭配蘇珊的打扮，磨墨的畫面有如靈異現象。

磨墨的鎧甲武士。感覺好像有很強烈的怨念……簡直就像盤據這裡的地縛靈。

在紙燈的照耀下，鎧甲閃著詭異的光芒。誰來找個靈能力者除靈！這裡受到詛咒了！

「蘇、蘇珊……用一般的紙筆寫就好了吧？妳想寫什麼啊？」

我一邊發問，臉頰一邊流下一道汗水。

「咦？當然是書信啊？我要寫情書。我想想——『率爾修書一封，事無專擅，望君且寬心之』——」

「等等等等！那是哪國的語言！」

她突然拿著毛筆寫起意義不明的字句，讓我不由得出聲吐嘈。

「是日文啊。就是『冒昧寫信給您並沒有什麼特別的用意，還請放心』的意思。」

「不不不，妳歪著頭幫我翻譯也一樣！問題不在這裡！那怎麼看都不是現代的年輕人看得懂的句子吧！沒有人會用古文啦！妳就這麼愛戰國嗎！連文章都要走戰國風才行嗎！而且明明是情書卻寫『沒有特別的用意還請放心』也很奇怪吧！這樣對方感受不到妳的幹勁！話說如果沒有傳達愛意，這會變成普通的詭異信件吧！」

我的一番話似乎讓蘇珊大受打擊，她不禁當場頹喪坐下：

「怎、怎麼這樣……我只會寫這種信……」

「咦——！都來到日本留學，好歹會寫一般的日文吧！不，寫英語也可以啊！反正妳是留學生！對方一定也會覺得很好奇，試著翻譯內容在寫什麼！」

「這樣我來日本就沒意義了！日本男兒是『武士』之後！我想遵循正確的禮儀和『武士』交往！」

這個人沒救了！得盡快處理才行！

她根本就是典型的對日本有錯誤認知的「自我感覺良好哈日外國人」的最壞強化版。誰有辦法與她文化交流啊！

「我來到這個國家之後也不曾見過日本武士。原本還以為一個城鎮至少會有一人。」

不行！連社長也嚴重會錯意了！沒有那種東西！引領時代潮流的現代日本才不會有武士走在路上！感覺會在路上砍人試刀的傢伙，這個房間裡倒是有一個！

話說可以讓蘇珊這種人如此著迷的傢伙究竟是何方神聖？應該是個超有男子漢氣概的戰

國武將吧……

「這樣的話，或許就連這個也沒意義了。」

綳———

蘇珊一面張弓拉弦一面嘆氣。

「箭書？蘇珊！妳穿成這樣要是再拿副弓箭，馬上會被逮捕的！會引發國際問題！」

〈箭書穿心！鎧甲武士的真實身分是外籍女留學生！〉

啊啊，報紙一定會大篇幅報導吧……

『我好想射下他的心……』

可以想見蘇珊肯定會這麼說。之後的談話性節目更會吵上好幾天，名嘴們的評論想必也會很犀利吧。

「這樣啊……我還以為箭書是最符合日本的潮流呢。」

「嗯，在幾百年前的日本或許是吧。但是時代交替，現在是平成，不是安土桃山時代了。如果有時光機，我一定第一個把蘇珊送到那個時代。」

我開始覺得她是個生不逢時又生錯國家的可憐人……

忍不住抱頭苦惱的我。社長也在一旁嘆氣：

「沒辦法。今晚熬夜教她如何寫情書好了。」

和女生共處一室度過一個晚上——字面上看起來很浪漫，但是身邊卻有個鎧甲武士。就算還有社長，這也太……

我不禁有點想哭。

—○●○—

幾天後——

我和社長在某個公園的某個角落。

我們面前有個本陣，周圍隨處設置著繡上家紋的帳幕和旗幟。有個鎧甲武士坐在正中央的椅子上。

那個人當然是蘇珊。

後來她的情書總算順利寫成，似乎也交給她的意中人了。雖然沒能見到當時是怎麼樣的光景，總之她自己設法把情書成功交出去。

然後蘇珊說對方今天會來到這個公園答覆她。她說希望我和社長見證這段戀情的結局，所以我們才會過來這裡。

話雖如此，在告白地點拉個本陣是怎麼回事。戰國迷能做到這麼徹底，那我也無話可說了。隨便妳愛怎麼樣就怎麼樣吧。

「媽媽，那是什麼～～？」

來公園玩的孩子們指著我們詢問媽媽。

「喂，不要亂看！」

媽媽們似乎也察覺到異樣的殺氣，連忙離開現場。嗯，媽媽說得沒錯。不可以到處亂看。看了這種場面以後不會成為頂天立地的大人囉。

「哎呀呀，那是在拍古裝劇吧，老太婆。」

一對不知打哪來的老夫妻誤以為這是古裝劇在拍攝外景，坐在長椅上看著我們。

只是我的好奇心已經完全集中在等一下要來的男生身上。究竟會是怎麼樣的人？真的是我所料想的那種外型有如戰國武將的豪邁男人嗎？

我看向蘇珊，鎧甲正在微微抖動。

她想必很緊張吧，但是看在旁人眼中只覺得驚悚。大白天的就有靈異現象。

「好像到了。」

我順著社長的視線看去，遠方有個人影逐漸朝這裡走近。

喀嚓、喀嚓、喀嚓。

金屬磨擦的聲響。我聽過和這個很相似的聲響。

從遠方現身的，是個全身穿著西洋甲冑的人物——

他右手拿著圓錐型的長槍，左手拿著盾牌。頭部蓋在全罩鐵盔底下，看不見長相。

…………

我當場抱頭蹲下。

我已經無話可說！那是什麼！那是怎麼回事！根本是個全身上下都違反槍砲彈藥刀械管制條例的變態騎士嘛！

「社、社長……我可以走了嗎？」

「不可以。我們要好好見證才行。哇，太精彩了。是武士和騎士的夢幻共演呢。」

「我一點都不想看到這種共演！」

我在滿心欽佩的社長身旁放聲吶喊。

此時我仔細一看，發現鐵盔上插著一支箭！正中腦門！喂喂喂喂喂——！這是什麼「箭騎士」啊！

「蘇珊！有箭！有支箭插在他的頭上！他是落敗武士的同類，落敗騎士嗎！」

「是的，我想過各種送信的方法，但是唯一做得到的還是只有箭書。」

「親手交給他啦——！多想一下好嗎！用郵寄的也可以啊！那已經是攻擊了！還真的發動攻勢了！完全是一箭斃命！都直接命中頭部了！傷害罪成立了！所以他才會帶著

長槍護身吧！」

「好威武的長槍……」

蘇珊忸忸怩怩地開口。不要看著那種足以刺穿人的武器發情好嗎——！對妳而言，那也是吸引妳的特質之一嗎！

「該死！為什麼我的委託人全都是變態啊啊啊啊啊！」

說著說著，騎士已經來到蘇珊眼前。

他一面發出喀嚓喀嚓的聲響，一面闖進蘇珊的本陣。從旁看來這幅景象已經是會戰了。

騎士在蘇珊眼前站定。蘇珊也起身與他對峙。

周遭籠罩著異樣的氛圍。好驚人的震撼力。四周充斥著敵意與殺意。

兩人散發的霸氣幾乎可以扭曲雙方之間的空間。

光是看到這個場景，任誰都不認為現在是要告白吧。這怎麼看都像是要決鬥。

騎士猛力將長槍刺進地面，然後從懷裡拿出一樣東西——是一封信。

「……這封信……我看過了……」

「是……」

忸忸怩怩的鎧甲武士。拜託妳別這樣，很恐怖耶。做出少女的反應反而嚇人。

「……真是了不起的箭書。居然能看穿我的破綻射中我……妳的箭術真是高超……」

咦？了不起……？咦？這位西洋騎士的腦袋是不是有問題？

「沒、沒有，我只是全心全意想著要射穿你……堀井同學。」

什麼全心全意想射穿，這是打算殺人的傢伙才會說的話吧！

等等，堀井同學？這樣啊，這位中箭的甲冑騎士先生名叫堀井吧！

「如、如果妳不嫌棄，我想和妳在一起……」

哎呀呀呀。得到正面回應了。他應該不是「打在一起」的意思吧？瀰漫在周遭的緊張感，讓人有種他們隨時會開打的感覺。

「堀、堀井同學……嗚嗚，太好了。嗚嗚……」

蘇珊語帶哽咽。她連臉孔都包在鎧甲底下所以看不出來，不過應該在哭吧。

「蘇珊……」

西洋騎士堀井同學溫柔地擁抱她。擁抱時鎧甲和鎧甲發出金屬的磨擦聲。這到底是什麼情況啊。

「我們來好好討論妳信上提到的《五輪書》吧。」

「好的。我一直很想和堀井同學聊聊宮本武藏的二天一流……」

身穿鎧甲的兩人手牽著手，朝別的地方走去。

「謝謝你們兩位！」

蘇珊對我和社長揮揮手。社長以笑容回應。社長看見這幅光景也無動於衷啊。真是太厲害了，莉雅絲社長。

…………話說我的眼前誕生了一對變態情侶耶。

—○●○—

後來，我收到一張照片。鎧甲武士和甲冑騎士在照片裡看起來感情很好的樣子。

看樣子他們交往得很順利。

不過前幾天，電視上出現一個名叫「夜復一夜出現在○○市的鎧甲武士與甲冑騎士！受到怨靈占據的恐怖城市！」的靈異特別節目就是了……

別在深夜約會啦，蘇珊。我真不想知道這種討厭的真相。

蘇珊的兩情相悅大會戰——不對，是兩情相悅大作戰，代價是堀井同學拿的那支長槍，已經放在社辦的一角當成擺飾。

精通西洋武器的木場偶爾會拿在手上把玩。

總之能夠順利完成契約真是太好了。一時之間我還有點擔心事情會變成怎麼樣……

不過我的心思已經集中在社長的胸部上。在完成那個契約之後，我的視線就一直跟著社長的胸部。

呼呼呼呼。終於！我終於可以揉！可以碰！可以享受社長的胸部了！

口、口水都流出來了……呼呼呼。可是我還是笑個不停！

正好今天只有我和社長在社辦！沒有其他社員攪局！現在是大好機會！拿出勇氣啊！

我下定決心，走向社長。

「怎麼了，一誠？」

社長優雅地微笑。嗚，妳露出那麼可愛的笑容會讓我有罪惡感……

但是我嚥下口水，下定決心！

「社、社長！我、我們之前的約定還算數嗎！」

「之前的約定？」

聽到我說的話，社長露出戲謔的笑容。她知道！她明明知道我想說什麼！

嗚嗚，她正在享受這種狀況……

「就、就是！胸、胸、胸、胸部！」

「呵呵呵。我知道啦。真是的，不需要這樣一臉嚴肅吧。」

怎麼可以這麼說，這對我來說可是有如天地倒轉的大事！

社長離開沙發站了起來，大大方方站在我的面前。

「好吧。從現在開始我數到五，這段時間裡我的胸部任你擺布。準備好了，我要數囉。

一——」

哇哇、哇哇哇哇哇、哇！

這是怎麼樣！數到五！怎麼突然來這招！

「二——」

啊啊啊啊啊啊啊！已經數到二了！

糟糕，在我作好心理準備之前就開始了！嗚哇啊啊啊啊！再這樣下去，我就揉不到社長的胸部了！

為了平復心情，我用力深呼吸。振作氣勢啊！我應該已經早就作好準備了！揉！揉下去！我要揉社長的胸部！

「三——」

已經三了！沒時間了！該揉右邊的胸部！還是左邊的胸部！不行！沒時間煩惱了！既然如此兩手一起揉吧！

我的雙手手指進入揉捏模式，一鼓作氣——

喀啦啦。

社辦的門突然打開。

「一誠先生，你先過來了嗎？」

「抱歉，來遲了。」

「……大家好。」

「哎呀──沒想到掃地會掃這麼久。」

是愛西亞、朱乃學姊、小貓、木場。社員們都來了！

「哎呀哎呀，你們在做什麼？」

朱乃學姊笑瞇瞇地仔細觀察我和社長。

「好，結束。太可惜了，一誠。」

這時殘酷的通知傳進我耳中！咦咦咦咦咦咦咦咦咦咦咦咦咦咦咦咦咦咦！

難道在我看向走進社辦的社員們的這段時間，已經數完五了嗎！

不、不會吧……

我難掩失望，當場癱坐在地……嗚嗚，我第一次摸胸部的機會……嗚嗚……

社員們一臉詫異地看著我。至於社長則是忍俊不住，笑個不停。

……唉，怎麼會這樣。我好不容易幫了那對不諳世事的鎧甲情侶……但是我的酬勞、我的獎賞卻……

社長蹲下來摸摸我的頭：

「呵呵呵。一誠真是有趣。你就那麼想摸我的胸部嗎？」

「那還用說。嗚嗚……」

摟。

社長輕輕抱住我。

——

事情來得太過突然，我的思緒瞬間停止。

「那麼我就暫時抱你一下吧。」

社長以哄小孩的模樣如此說道。感覺到社長的體溫，我忍不住滿臉通紅。

話說還有其他社員在看啊！

「下次也要加油喔，我可愛的一誠。」

——啊，果然沒錯。

沒錯。社長果然是最棒的。

我不會忘記這股溫暖的。我要在社長身邊，以惡魔的身分闖出一片天！

心中懷抱如此的決心，我短暫地享受社長的擁抱。

Life.2 使魔的條件

現在的我正看著壯觀的景象。

擴展在我眼前的──是女同學的更衣模樣！沒錯！這裡是女生更衣室！

我正在欣賞一年級女生不檢點的模樣。居然在學妹更衣時偷窺……這種不道德又是犯罪的感覺正好成為香料，營造情色的氛圍。

哎呀──雖然說是學妹，發育得好的人倒是很有料。即使包在胸罩下，胸部依然極力彰顯自己的存在！

咦？你問我在哪裡偷窺？呼呼呼，我躲在一個貼著禁止使用字樣的鐵製置物櫃裡。也因此我才能夠欣賞這個足以登錄為世界遺產的極致美景。

喔喔，那個學妹的腳真讚！感謝妳的美腿！我好想這樣大喊！

順道一提，不遠處的置物櫃也貼著禁止使用。我的同袍，松田和元濱正躲在裡面。

「有個超棒的貴賓席。價值可比偶像演唱會的S區座位。」

今天早上他們兩個損友才這麼向我介紹。嗯！根本是SS區！

嗯？有個特別嬌小的學妹……等等，那不是小貓嗎！

喔喔喔，這個班級是小貓就讀的班級！真是巧合！

嗚哇，小貓真的很小！各方面都是！

騷然。

一股難以言喻的霸氣從元濱的貴賓席飄散出來。沒錯，他是真正的蘿莉控。

看見小貓如此不檢點的模樣，一定讓他難掩亢奮吧。我想現在的他應該正在將此情此景烙印到腦內記憶體吧。今晚有得忙了，元濱！

不，小貓是我的寶貝學妹。我總不能像這樣一直盯著她的蘿莉身材細細端詳……哎呀？其實這樣或許也挺不錯的。奇怪，我應該沒有蘿莉控傾向……

女學生一個接著一個走出更衣室。然而只有小貓在換好衣服之後，依然一直沒有要出去的意思。

奇怪？她怎麼了嗎？這麼一來我們也出不去……

就在更衣室裡只剩下小貓一個人時，她慢慢站起身來——

咚叩！

喔喔喔喔喔喔！她朝我躲的置物櫃揮出一記猛拳！我在裡面扭轉身體好不容易躲過，但是小貓的拳頭打穿鐵門！不愧是怪力少女，太可怕了！

啪嘰！

接著門被用力扯下。鐵製的門也不算什麼嗎！

我和小貓就此面對面。

「……哈、哈囉。」

我帶著僵硬的笑容，舉手向小貓打招呼——

「……真差勁。」

叩！咚！喀！

「咕呼！喔啊！等等！小貓！等一下——呀啊啊啊啊啊啊啊啊啊啊啊啊啊啊啊啊啊啊啊啊啊啊啊啊啊啊啊啊！」

她騎在我身上，不發一語不停揮拳！會死！好痛！會死————！

之後松田和元濱對我說，這是他們第一次親眼目睹什麼叫血祭，說的時候還臉色發白。

—○●○—

當天放學後。

「好痛。」

「你還好吧？」

臉被打到腫得像豬頭的我，在神祕學研究社的社辦裡由愛西亞以治癒之力進行治療。

愛西亞看起來很擔心。

「……自作自受。」

小貓坐在離我們不遠的沙發輕聲開口。她板著一張臉，看起來很不開心。好吧，換衣服時被人偷窺，會生氣也很正常。不過那一陣亂拳還真是手下不留情。我還以為自己會死。

「真是的，你怎麼老是這樣……」

社長嘆了口氣，似乎有點受不了。

「哎呀哎呀，偷窺女生換衣服也該適可而止喔。」

總是笑咪咪的朱乃學姊幫我泡茶。

「哎呀——我承認是有點得意忘形了。」

「如果是看我換衣服，隨你愛怎麼看都可以喔。」

木場給我說這種「甲甲」的話。

「吵死了————！男人的裸體有什麼好看的！我寧可看發育不良的女生換衣服還比較開心！」

「發育不良……」

瞪。小貓銳利的視線刺中我。對、對不起，小貓大人！

「一誠先生，不可以跑去偷看女生換衣服喔。如……如果你真的那麼想看女生的裸體，我可以……」

愛西亞忸忸怩怩地開口。

「不不，愛西亞不用勉強自己！我是很想看，但是用不著這樣！」

她最近越來越大膽了。這樣是很可愛，不過愛西亞是我應該保護的對象，聽她對我說這種話，心情挺複雜的。

「對啊。想看裸體跟我說一聲就好了。看是要在浴室或是床上我都ＯＫ。」

社長大人輕描淡寫地開口！其實我現在和社長住在同一個屋簷下。她在這種狀況下說出這種話！太感激了！我快要流淚了！社長總是向我發動情色攻勢，害得我的身體快要撐不住了！可是家裡還有爸媽又不能亂來。而且——

「…………」

捏。

愛西亞也會像這樣嘟起嘴巴，不發一語地擰我的臉頰……

「使魔……是嗎？」

我以訝異的語氣反問，社長便點點頭：

「沒錯，使魔。你和愛西亞都還沒有吧。」

使魔。對於惡魔而言，那是能夠任意使喚的存在。之前好像也有人說過那在從事惡魔的工作時很管用。

發傳單之類的工作，平常都是由使魔來做。雖然那也是新人的工作。我之前也在深夜騎腳踏車發了一堆……

砰。

社長的手上發出像是在變魔術的爆炸聲，一隻紅色蝙蝠隨之現身。

「這就是我的使魔。」

和社長的髮色一樣顏色的蝙蝠。總覺得光是如此就散發出一股高貴的感覺。

「我的是這孩子。」

朱乃學姊召喚出來的是手掌大小的鬼……小鬼？

「……牠叫小白。」

小貓把一隻白色小貓抱在胸前。小貓的使魔是名副其實的小貓啊。真可愛——

「我的——」

「啊，你就算了。」

「真是冷淡。」

看見我的反應是立刻否決，木場儘管露出苦笑，還是在肩上叫出一隻小鳥。

原來如此，除了我和愛西亞之外大家都有使魔啊。社長的蝙蝠飛到我頭上了。

「使魔對惡魔而言是基本配備。從協助主人到傳遞消息、追蹤都很管用，可以視情況進行妥善運用，一誠和愛西亞也得要有才行。」

社長一面開口，一面撫摸我的臉頰。啊——被社長這麼一摸，我一整天的各種煩惱就此煙消雲散。我的大姊姊……

我原本還想多沉浸在這種感覺裡一會兒，這時占據社辦地面部分面積的魔法陣發出光芒。這是怎麼回事？

「社長，準備好了。」

朱乃學姊向社長報告。準備好了？正當我和愛西亞滿心疑問時，社長帶著笑容說道：

「所以我們立刻出發去收服你們的使魔。」

一旦開口就立刻去做。這就是我的主人。

轉移魔法陣的光芒平息之後，眼前是一片陌生的森林。

「這個森林裡棲息了許多可供惡魔使喚的使魔。今天我們就要在這裡取得一誠和愛西亞的使魔。」

使魔森林。喔……原來還有這種地方。周圍長著異常高大的樹木，日光也照不太進來。不過即使在黑暗當中惡魔的眼睛也可以看得很清楚，這倒是沒什麼影響。

樹木相當茂密的森林。總覺得濕氣也很重，感覺有什麼東西跑出來都不奇怪。

「收服使魔了！」

「啥！」

「呀！」

喔！突然有人大喊，我和愛西亞都嚇得跳了起來。愛西亞甚至還躲到我的背後。

我們眼前出現一名把帽子壓得很低，一身休閒打扮的青年。

「我是魔新鎮的小知！我的目標是成為使魔大師，是個修煉中的惡魔！」

嗯，突然冒出一個奇怪的傢伙。惡魔？這個傢伙是惡魔？嗯……

「小知先生，我把之前提過的兩個孩子帶來了。」

社長如此介紹我們給那個什麼使魔大師認識。

「喔喔。一個是長相普通的男生，一個是金髮美少女啊。ＯＫ！包在我身上！只要有我在，任何使魔都可以當天收服！」

這位大師把「收服」兩個字喊得特別用力，聽起來挺不舒服的。話說回來，不准說我長相普通！

「一誠、愛西亞。他是使魔領域的專家。今天你們要遵循他的建議，在這座森林裡得到使魔。懂嗎？」

「是。」

我和愛西亞點頭回應社長。

這樣啊。我們也要有使魔了。嗯——不知道有怎麼樣的使魔。

正當我抱持如此疑問時，小知和善地對我們說道：

「好了，你們想要怎麼樣的使魔？很強的？動作很快的？還是有毒的？」

「請不要突然提什麼有毒的這種聽起來就很危險的選項。你有什麼推薦的嗎？」

聽到我的問題，小知咧嘴一笑，拿出一本看似型錄的東西。

他指著一張橫跨兩頁、震撼力十足的圖畫，上面是一隻看起來很兇猛的野獸。

「我最推薦的是這個！龍王之一——『天魔業龍（Chaos Karm Dragon）』迪亞馬特！她可是傳說中的龍喔！也

是龍王當中唯一的雌性！從古至今沒有一個惡魔能夠收服她！那是當然的！聽說她和魔王差不多強！」

未曾被收服又和魔王差不多強！等等，他是白痴嗎！

這怎麼看都是ＲＰＧ裡最終頭目才有的外型吧！

「這超出使魔的等級了！已經是大頭目了！是最終頭目吧！而且沒有任何人收服得了？你真的理解推薦的意思嗎？感覺好像突然被丟到最後的迷宮裡！」

「這個好。既然同樣是傳說中的龍，你們應該可以合得來。一誠，身為我可愛的僕人，收服這種程度的使魔也很合理。」

社長大人乾脆地說出強人所難的話。您想殺死可愛的僕人嗎！我的左手的確是寄宿著赤龍帝的力量，但是這樣會死人的！

「不可能的，社長！即使是透過這本圖鑑，我也感覺不到任何一點可以跟她合得來的可能性。」

「那是你的錯覺，一誠同學。嗯，可以可以。」

「吵死了，木場——！不然你去把她抓回來啊，混帳——！」

一開始就這樣也太有問題了！我沉澱一下心情，重新發問：

「不好意思，能不能不要一開始就找這種頂尖的使魔，有沒有其他更容易收服、更友善一點的啊？」

「哈哈哈！這樣啊，那就是牠了！九頭蛇！」

他讓我看了一張有好幾顆頭的大蛇的圖片……嗯？我從圖片上感受不到友善的氣氛耶？該不會是雖然長成這樣，特技卻是裁縫或茶道之類的嗎？

牠的目光和獠牙一樣銳利又嚇人，上面還畫了一個讓人聯想到毒物的骷髏頭標誌……話說這張圖上還有一堆散落的骨骸。

「這個傢伙很猛喔！牠有劇毒！任何惡魔都承受不了牠的毒！而且還是不死之身！是個連主人都會毒殺的兇惡魔物！如何？很有用吧？」

…………傷腦筋，我壓抑不了這股黑暗的衝動。

「我可以揍他嗎？社長，我可以揍這個傢伙嗎？」

「冷靜一點，一誠。九頭蛇很棒啊，既罕見又厲害。我看看，就在這座森林的深處……今天之內應該回得來吧。」

社長看向森林深處。妳就這麼想要我收服牠嗎！憑我的本事只會一去不返！馬上就會遇難失蹤！一不小心最終下場就是跑到這隻友善又有用的九頭蛇肚子裡！

小知擺出姿勢、豎起拇指說道：

「哈哈哈，體驗一下冒險也不錯！」

「開什麼玩笑！我才不想要比我還強的怪物！」

「這個男生要求真多。不然你想要什麼類型嘛。」

小知開始鬧脾氣了。嗯，我好想用寄宿在我身上的龍之力宰了他。

「有沒有什麼可愛的使魔，看起來像女孩子的那種。」

沒錯，仔細想想，應該會有這種使魔。小知一聽我這麼說，立刻露出不開心的表情：

「看吧，就是這樣我才會說初學者對於使魔的價值觀有問題。聽好囉？所謂的使魔，就是要收服有用又強大的魔物。而且每一隻魔物的能力都不同。如果想成為真正的使魔大師，必須抓好幾隻同樣種類的魔物，選出其中能力最高的雌、雄各一。然後讓這兩隻交配，生下能力強大、極有未來性的後代。再來——」

他好像開始闡述自己的使魔理論。嗚哇，好煩。

「我也想要可愛的使魔。」

愛西亞從我背後探出頭來開口。

「嗯，我知道了。」

小知立刻閉嘴，帶著笑容如此回答。這個傢伙是怎麼樣……看樣子收服使魔之路相當漫長啊。

「你們聽著，精靈會聚集在這處泉水。」

小知壓低聲音說道。

我們眼前是一大片極為透明的泉水。波光瀲灩，呈現神聖的風貌。

我們在泉水附近找了掩蔽物躲在後面，並且消除氣息。

「沒錯，因為住在這個泉水的水之精靈『溫蒂妮』不會輕易在別人面前現形。」

根據小知的說明，身為水之精靈，溫蒂妮兼具澄淨的心靈以及美麗的外貌，形同清純的少女。而且還是治癒系！

喔喔，真是太棒了！少女！澄淨！美麗！雖然我身邊有個愛西亞已經體現這些要素，只是一想到可以收服愛西亞級的精靈當成使魔，我就壓抑不住自己的興奮！

呼呼呼，這是我實現後宮的第一步。從使魔開始就要先找可愛的女生。溫蒂妮一定是身穿透明羽衣，一頭水藍色頭髮，身材纖細的美麗精靈吧。

啊，溫蒂妮！我的溫蒂妮！好，我的第一個要求就是膝枕！接著就這麼進入掏耳朵的步驟，然後以透過親密接觸和使魔培養感情的名義，揉、揉、揉、揉胸部！

受不了！我受不了啦！

「社、社長，既然是我的使魔，我愛怎麼處置都可以吧？」

總之我還是向社長確認一下。該不會有禁止對自己的使魔性騷擾之類的規定吧？

「是啊，做什麼都可以。畢竟是你的使魔。」

社長輕描淡寫地回答，我卻因為這句話流下感動的淚水。不久之後，我即將得到可以任我擺布的女孩子！叫我怎麼能不帶著淚水開口呢！

「喔，泉水開始發光了。溫蒂妮要現身囉。」

小知指著泉水說道。喔喔，終於！我滿心歡喜地看向小知指示的方向。帶我進入夢幻的世界吧！

出現在前方的，是有著一頭閃閃發亮的水藍色頭髮，身穿透明羽衣的——巨大身軀。

肌肉結實的手臂鼓了起來。粗壯的大腿比我的腰圍還粗。厚實的胸膛，幾乎讓人以為裡面塞了鐵板。臉上滿是傷疤，有如身經百戰的戰士。

這副光景誇張到讓我懷疑自己的眼睛。我一次又一次揉著自己的眼睛，不願意相信這是現實。

…………

那是什麼鬼玩意啊啊啊啊啊啊啊啊啊啊啊啊啊啊啊！

「那就是溫蒂妮。」

小知殘忍的話語傳入我的耳中。這是別種意義的夢幻吧！

「不不不，那怎麼看都是修煉中的格鬥家跑來沖涼吧。你看手臂那麼粗，怎麼想都是鍛鍊來破壞人類的軀體吧。感覺光靠正拳就能稱霸世界。完全看不到任何破綻。那是實力驚人的強者，強者。」

「嗯——因為溫蒂妮時常爆發爭奪地盤的戰鬥。沒有兩把刷子可是搶不到泉水的。精靈的世界也奉行實力主義呢。不過那隻溫蒂妮看起來真強，稀有度應該很高吧。我建議你收服。有隻攻擊力強大的水之精靈也不錯。」

攻擊力強大的溫蒂妮？這是什麼讓人不想唸出聲的句子！我一點也不想聽見這麼危險的發言！

「錯大了！什麼嘛，這算什麼治癒系！根本就是殺戮系！我才不要什麼攻擊力強大的治癒系精靈！」

我流下悔恨的眼淚，痛哭失聲。太殘酷了！怎麼會有這麼殘酷的事！

「可是那是女性型喔？而且實力相當不錯。」

「我不想知道這種事實！」

我雙手摀面，嚎啕大哭！喔喔喔喔喔喔喔喔喔喔喔喔！那也算是小女生————！

啊啊，居然有如此殘酷的事，這樣可以嗎！

「一誠，世界可是瞬息萬變的喔。」

社長把手放在我的肩上，用力點頭的同時如此說道。誰需要這種變化啊！

「可是她有一雙澄淨的眼睛，一定是個心靈澄淨的女孩子，不會有錯。」

愛西亞帶著燦爛的微笑開口。嗯，愛西亞，不要稱呼那種東西為女孩子。咦？怪了。我從剛才開始就一直淚流不止。

「啊，又出現一隻了。」

聽見朱乃學姊的聲音，我帶著期待的眼神轉頭望去，希望這次會有好結果——

結果現身的依然是擁有類似軀體的水色壯漢（精靈）。

…………嗚嗚。怎、怎麼會這樣……

「嗚嗚、嗚喔喔喔喔喔喔喔喔……」

「一、一誠同學，你也用不著哭成這樣吧？」

「木場——我原本夢想著奇幻的經歷，想要追求夢幻般的美感。你看，社長身為惡魔就超美的，我當然會作夢啊。可是那是怎麼回事，為什麼我得目睹這種有如綜合格鬥技選手進場的場景！我受夠了！我最討厭奇幻世界了！」

「放心吧。我想一定有哪個奇幻世界可以實現一誠同學的夢想。」

木場安慰大哭的我，拍拍我的背。雖然他是討厭的型男，有時又讓我覺得他是好人。

「喔，快看。」

小知指著泉水。仔細一看，兩個外型健壯的溫蒂妮（女生）怒目相視。激烈的敵意籠罩附近，鬥氣扭曲兩人之間的空間。

接著──

轟！咚叩！喀叩！

粗壯的手臂時而刺進對手的腹部，時而化為上鉤拳衝擊對手的下巴。銳利的下段踢命中對手的大腿發出巨大聲響，憑著率直的傻勁揮出的直拳陷入對手的臉。

雙方打到七孔噴血，演出壯烈的互毆戲碼。

散發神聖氣息的精靈之泉，瞬間變成競技場。

……不，事情不是這樣吧。咦？那兩個女生在幹嘛……

「開始爭奪地盤了。而且雙方都是身經百戰的強者。」

小知托著下巴不住點頭，好像很感興趣。

「什麼爭奪地盤……她們就不能打得更奇幻一點嗎？沒有什麼精靈魔法之類的嗎？」

「說到頭來，腕力才是最強的。」

「社長，可以回去了嗎？我差不多真的要哭囉？」

其實我已經哭了！我想回去！我想和愛西亞一起回家！就算收服她，她大概也不會使用魔法吧！她的攻擊力絕對比魔法還強，長得那麼巨大又不能派她出跟蹤任務！想躲在柱子後面都沒辦法！

「哈哈哈！看吧，少年！打贏的那個就是你的使魔！溫蒂妮的頂尖對決！真是絕妙的冒險啊！喔！是豎拳，好罕見的攻擊招式！」

小知一面拍著我的肩膀一面開心說道。

「哈哈哈個頭——！一直說什麼冒險冒險的煩不煩啊——！我一點也不想要這種冒險！」

「名字就取溫蒂妮的最後兩個字，叫小蒂妮怎麼樣呢？」

愛西亞心驚膽戰地看著眼前的比試，同時輕聲開口。

咦！這個孩子很想收服她嗎！

「愛西亞，那個小蒂妮無論怎麼想都不是我們能夠控制的角色。愛西亞如果收服那種使魔，光是待在她身旁就會懷孕喔？她給人的感覺就是這樣。」

「如果是一誠先生的小孩，我願意生下來！」

愛西亞說得很明白。

「嗯。妳在說什麼啊。話不是這樣說的吧……咦？妳真的願意生我的小孩嗎？不對，問題不在這裡！放棄那隻小蒂妮吧！愛西亞無法控制她的！」

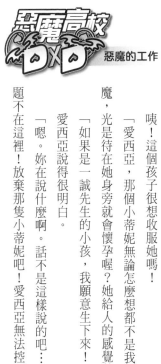

「可、可是小蒂妮從出生到現在，一定都是孤零零一個人吧……我有這種感覺。」

嗯──好像有什麼東西和愛西亞心靈相通了。這讓我覺得更加危險，於是把手放在愛西亞的肩上，像是在教誨她一般開口，表情也盡可能保持笑容。

「即使是這樣，那孩子一個人也能活下去。妳看，不管怎麼看，她都已經練成一身足以破壞強敵的軀體。放棄小蒂妮吧。話說回來，小蒂妮這個名字是什麼。不可以幫她取名字啦。而且哪隻才是小蒂妮啊！」

「喂，少年！小蒂妮有危險了！她剛才被過肩摔了！」

「小知────！你給我閉嘴────！」

「唉……好吧。總之我們先到別的地方去再說。再這樣下去也沒完沒了。」

社長一面嘆氣一面開口。

於是我們放棄小蒂妮，移動到別的地方。

──○●○──

「蒼雷龍（Sprite Dragon）？」

我如此反問，小知點頭表示：

「沒錯，蒼雷龍（Sprite Dragon）。正如其名，是會使用藍色雷擊的龍。」

我們吉蒙里一行人離開溫蒂妮的打擊道場，在移動途中聽說一種罕見的龍。

聽說有種極為罕見，名叫蒼雷龍（Sprite Dragon）的龍，目前來到這座森林的深處。根據小知的話，收服牠成為使魔也不錯。

可是他才剛介紹過那隻兇惡至極的最後頭目龍迪亞馬特耶？現在聽到這個誇張的名字，我不禁渾身發抖。

「那傢伙應該很強吧？」

我發問的同時，肩膀還抖了一下，但是小知得意笑道：

「不過那隻好像還小，要收服就趁現在。等牠長大之後絕對收服不了。雖然不比龍王，但是在龍族當中也算是上位之首。」

還是小龍啊。這樣我們應該能夠收服吧？嗯——真是讓人煩惱。上位的龍。我本身也擁有赤龍帝的力量，感覺跟龍應該很合得來，更重要的是龍有種強大的感覺，很帥。

可是——還是女生使魔比較……嗯——好煩惱！超煩惱的！要選胸部，還是選龍呢？

也不管我正在認真思索，小知突然「喔哇！」大叫一聲。我心想不知道發生什麼事，眼睛看向前方——

發出藍色光輝的鱗片——有隻大小相當於海雕，外型近似龍的生物，正停在大樹的枝幹上休息。

「是蒼雷龍（Sprite Dragon）！就是那隻！」

小知盡量壓低音量，語氣顯得興奮不已。

……喔、喔喔喔！那、那就是龍啊！哇——第一次看見實體！體型雖小，不過還是很帥！又圓又大的眼睛更是可愛。

「蒼雷龍（Sprite Dragon）。我也是第一次親眼看見牠。鱗片真漂亮。就像藍鑽一樣，閃爍藍色的光輝。」

社長感動到兩眼發亮。社長也是第一次啊。看來真的很罕見。

好，決定了！可愛的使魔固然不錯，但是罕見的龍也很棒！我的使魔就決定是你了！

——正當我在心中暗自下定決心時。

「呀啊！」

愛西亞放聲尖叫。我轉過頭去想確認發生什麼事——

結果看見一團黏糊糊的膠狀物體正在襲擊愛西亞！

「這、這是！」

社長驚叫出聲！喔喔，社長身上也有那種黏糊糊的物體！

仔細一看，所有女性社員都遭受黏糊糊的物體攻擊。

啪嚓！啪嚓！

黏糊糊的膠狀物體接二連三從空中飛來。是從周圍的樹上掉下來的嗎？

這些膠狀物還會蠕動！是生物？魔物？原來是活的！

「是史萊姆啊。」

木場如此說道。這就是史萊姆！遊戲裡常見的那種嗎！

不會吧！應該沒有毒吧？我腦中閃過這種危險的預測，但是在下一個瞬間，這些想法全都飛到九霄雲外。

「衣、衣服……融化了！」

如同愛西亞的慘叫，膠狀生物開始融解女生的制服！

全體女性社員的制服都被融解，露出內衣褲！

噗！我不禁噴出鼻血！多麼美妙的發展！

史萊姆的猛攻不見止息，連內衣褲都開始融化了！嗚喔喔喔喔喔！不容錯過的光景即將呈現在我的眼前——！

咚叩！

小貓一面遮住重要部位，一面揍我！

「咕呼！」

「……不准看。」

就、就算妳這麼說……這說不定是種危險的史萊姆……啊，社長和愛西亞和朱乃學姊也走光了。腦內存檔腦內存檔。

木場好像有點不好意思，轉頭看向其他方向。你真是紳士。我可是不會客氣地看下去。

接著樹幹上更伸出看似觸手的東西，纏到女性社員們的身上！

「不、不要——」

愛西亞放聲尖叫。觸手纏住愛西亞的腳，慢慢向上延伸，從衣物破損的部分鑽到裡面，不住蠕動。愛西亞的大腿！胸部！臀部！要被玷污了！

仔細一看，社長等人的遭遇也和愛西亞一樣，蠕動的觸手纏在她們的重要部位上。

不、不過這麼說或許不太恰當，但是這真是美好的情景！

偷偷大飽眼福的小知流著鼻血說道：

「這種史萊姆沒有特別的名稱，不過具備融解衣物的特性。然後觸手只是普通的觸手，牠們經常一起攻擊獵物。雖說是獵物，史萊姆的目標只有衣物，觸手的目標也只有女性的分泌物，並沒有特別值得一提的危害……」

——

……他說……什麼？我簡直不敢相信自己的耳朵。融、融解衣物的史萊姆？專吃女性分

泌物的觸手？

「雖然不是罕見的史萊姆和觸手，卻是會在探索森林時造成困擾的生物。像這種東西，最好的處理方式就是用火焰魔力一口氣讓牠們蒸發——」

「社長，我要收這些史萊姆和觸手為使魔！牠們會融解衣物！會吃女性的分泌物！正是我追求的人才！」

我打斷說明應對方式的小知，以閃耀光芒的雙眼如此宣告！

哼哼哼。找到了。我總算找到了！我的使魔。只屬於我的使魔！

社長一面放火燒史萊姆和觸手一面嘆氣。啊啊啊啊啊啊，我的史萊姆和觸手啊啊啊啊啊啊！全都燒焦啦——！

「我說一誠，使魔對惡魔來說很重要喔。你好好想一想。」

「我知道了。」

我閉起眼睛，思考了一下。

…………

「我還是要收牠們為使魔！」

「一誠，從你擺出沉思的姿勢到現在還不到三秒鐘。」

朱乃學姊也在社長身旁把史萊姆和觸手烤得金黃酥脆！啊啊啊啊！我的！我的使魔們

——升天啦————！烤得恰到好處————！

毫不手軟的小貓扯爛觸手扔在一旁，像是和牠們有什麼深仇大恨。

快住手！不要欺負我的觸手！

「讓開，一誠。像這種沒有用處的生物就該燒光。別礙事。」

社長真是無情，太過分了！

「我不讓！我不讓！我要讓這些史萊姆和觸手當我的使魔！」

我保護攻擊愛西亞的史萊姆和觸手，拚命搖頭。

至少我要死守牠們！牠們是我重要的夥伴！朋友！使魔是朋友！是夥伴，社長————！

這種好色使魔！我不想要別的了！

「我追求的就是牠們！我想靠牠們振翅高飛！靠牠們努力向上！」

在建立後宮之後肯定派得上用場！牠們在各種色色的場合必定都能大顯身手！

「一誠先生，你……居然抱住我……」

愛西亞滿臉通紅。忍耐一下，愛西亞。我想保護這些史萊姆和觸手。有些東西是一定得保護到底的！

「嗚嗚，史萊太郎～～觸手丸～～我重要的夥伴們～～我一定會保護你們～～」

我一面流淚，一面懷著疼惜的心情將牠們連同愛西亞一起擁入懷中。

「哎呀哎呀，已經連名字都取好了。」

如此說道的朱乃學姊像是在看戲。沒錯，我已經幫牠們命名了。我認為這是牠們的靈魂之名。

「……這還是我第一次看見有惡魔如此渴望收服這種史萊姆和觸手……驚人的事還真多啊。世界真是大呢，吉蒙里小姐。」

小知以打從心裡感到驚訝的模樣開口。

「不好意思……因為這孩子很忠於自己的慾望，不太會動腦……」

社長的表情充滿悲傷。那種眼神彷彿是在看著可憐的孩子。

嗚嗚，在讓牠們成為我的使魔之前，我絕對不會回去！

正當我下定決心無論如何都不會移動半步時，卻聽見有某種東西飛來的聲響。我稍微瞄了一眼——看見一隻飛在空中，長滿藍色鱗片的小龍。

蒼雷龍（Sprite Dragon）——在不知不覺間靠到這麼近的地方來了。

啪嗒啪嗒。

小龍身上閃現藍色的電流……咦？這該不會是——

嗶哩嗶哩嗶哩嗶哩嗶哩嗶哩！

我無暇躲避，劇烈的電擊竄過我的全身上下！

啊嘎嘎嘎嘎嘎啊嘎、啊嘎嘎嘎嘎嘎嘎嘎嘎嘎嘎嘎嘎嘎啊嘎！

……全、全身都、麻、麻痺了…………如果是漫畫的話，剛才那招一定把我電到看得見骨頭吧……

「那、那個，一誠先生……？你還好嗎？」

……被我抱住的愛西亞看起來好像沒事……這是怎麼回事……

「蒼雷龍（Sprite Dragon）的電擊只會傷害牠認定為外敵的對象。看來牠不覺得那個女孩是敵人。」

同樣被電成焦炭的小知在我身旁如此說明。你受到的傷害也不小啊！只是依照你剛才的說明，我和你都被牠當成外敵了吧！還有木場也被電焦了。他的臉上依然掛著笑容，但是隱約可以感覺到他對那隻龍發出殺氣。

啊！仔細一看，攻擊愛西亞的史萊姆和觸手也化為焦炭了——————！

怎麼會！我的夥伴！我的使魔！

「史萊太郎——————！觸手丸——————！嗚哇啊啊啊啊啊啊啊啊啊啊！」

我抱著兩具死狀悽慘的遺骸放聲痛哭。怎麼會變成這樣！這個世界太不講理了吧！

「看來牠是要消滅攻擊愛西亞的史萊姆和觸手。這孩子大概是公的吧。我聽說雄性的龍也很喜歡其他生物的雌性。」

社長摸摸小龍的頭，如此說道。沒想到牠還挺乖的。

不過還是太過分了。我的史萊太郎和觸手丸……都離我而去……

我不禁失魂落魄。可惡！原來龍是好色之徒！所以女生都毫髮無傷，卻連木場也被電焦了！……把木場電焦其實是GOOD JOB！但是我無法原諒牠！史萊太郎和觸手丸色歸色，但不是壞人！大概！牠們活得很努力！

我擦乾眼淚，緩緩站起來走到小龍面前。

「史萊太郎和觸手丸都是好人……牠們真的都是好人……是我最好的夥伴……然而你卻把他們電成黑炭……」

怒意讓我渾身發抖。沒錯，我不會原諒牠！我要幫牠們報仇！

「嘎——」

小龍在張嘴鳴叫的同時，打了一個呵欠。

我感覺到腦中有某種東西「噗滋！」斷裂。我的身上浮現薄薄的魔力氣焰。

看來我散發出一股異常的震撼力，社員們都被我震懾了。

「……我生氣了。蒼雷龍（Sprite Dragon）——！」

隨著劇烈的魔力爆發，我把拳頭指向我憤怒的對象。周遭的樹木因為我的魔力而沙沙作響，地面也因為魔力的衝擊而炸開。

「太厲害了。我之前從來沒有感受過這種魔力波動！一誠體內還潛藏著這種力量啊。沒想到居然會因為這種事而覺醒！」

「好強大的氣焰！一誠，為什麼你就不能把這種力量用在別的地方呢！」

朱乃學姊和社長在驚訝的同時也有點傻眼。不好意思，兩位大姊姊。慾望和煩惱遭到阻斷的憤怒，使我覺醒了。

「下流的慾望以及純粹的性慾，因為這些都落空而產生的劇烈怒意。這就是推動一誠同學的動力嗎？」

木場冷靜地說明我的狀況。就是這樣！型男！我的憤怒已經無人可擋！

「……只是個生氣的大色狼。」

妳說得沒錯，小貓！最切中核心的就是妳！

但是蒼雷龍(Sprite Dragon)！唯獨你這個傢伙我無法原諒！融解衣物的史萊姆——史萊太郎！吸食女性分泌物的觸手——觸手丸！我在遇見牠們的瞬間便深深受到吸引。然而你卻把牠們……

即使是社長或是朱乃學姊也無法阻止我！不對！請不要阻止我！男人！男人有些時候就是必須有所行動！

「人稱究極！無敵！地上最強的龍！你就親身承受我的龍之力，消失殆盡吧！」

我喊出類似萊薩·菲尼克斯的決勝台詞之後，對小龍打出圍繞魔力的拳頭——

抱。

「不可以欺負牠。」

但是愛西亞摟住小龍，以訓誡的語氣對我開口。

…………我在差點打中蒼雷龍(Sprite Dragon)的地方停住拳頭。

……嗚嗚，愛西亞對我而言就像可愛的妹妹，聽到她這麼說，我當然拿她沒轍……

我瞪著那隻小龍，牠似乎黏上愛西亞，和她玩在一起。

「聽說蒼雷龍(Sprite Dragon)只會對心靈純淨的人卸下心防。看來牠完全接受這個女孩。」

小知如此說明。也就是說那個傢伙已經完全纏上愛西亞囉。說得也是，愛西亞的心靈那麼純淨。她是個乖孩子。

「這次是一誠輸了。」

社長把手放在我的肩上，苦笑開口。

唉……我的魔力散去，瞬間渾身乏力，嘆了一口氣。

「請、請問，我可以把這隻小龍收為使魔嗎？」

愛西亞尷尬地發問。

「這就要看一誠的意見了。一誠，你覺得呢？」

社長如此問我。所有社員的視線都集中到我身上。嗚嗚，搞得好像我是壞人。不，我的確是壞人。是我任憑性慾驅使擅自亂來。那隻龍沒有錯。其實牠是救了受到史萊姆和觸手襲擊，碰上麻煩的愛西亞……

我含著淚水說聲：

「好，就交給愛西亞吧。」

史萊太郎、觸手丸，我沒辦法幫你們報仇。我流下悔恨的淚水。

○●○

「……我、我以愛西亞·阿基多之名命令！汝、汝，成為我的使魔，回應契約吧！」

我們回到森林的入口。眼前的愛西亞展開一個發出綠色光芒的魔法陣。魔法陣的中央是蒼雷龍（Sprite Dragon）——也就是那隻小龍，目前正在進行牠和愛西亞的使魔契約儀式。

當然，因為愛西亞是第一次，所以朱乃學姊在旁邊協助她。不過契約儀式的進展好像相當順利。朱乃學姊看起來也很放心。和我相比，愛西亞身為惡魔的能力也頗為優秀。

「一般來說，蒼雷龍（Sprite Dragon）是不會聽命於惡魔的龍，看來是因為那個女孩的心靈特別純淨。這真是前所未見的狀況，契約似乎結束了。」

小知如此說道。

是喔。那麼愛西亞就是以罕見的條件收服罕見的龍囉。果然厲害。

說著說著，魔法陣的光芒逐漸消失。大概是因為契約完成，小龍飛到愛西亞身邊，和她玩了起來。

「呵呵呵。會癢啦，雷誠。」

「雷誠？」

我對這個疑似小龍的名字的稱呼提出疑問，愛西亞回答：

「是的。因為這個孩子會施展雷擊，我又從一誠先生的名字裡借了一個字。我希望牠是個不但會施展雷擊又像一誠先生一樣有活力的孩子……這樣會造成困擾嗎？」

「不，這是無所謂……好吧，算了。請多指教囉，雷誠——」

我才抱持輕鬆的態度接近牠，小龍的身體便發出藍色的光芒——

啪吱！嗶哩嗶哩嗶哩嗶哩嗶哩嗶哩！

「啊嘎嘎嘎嘎、呀呀呀呀呀呀！」

……咳咳……那、那個，雷誠為什麼毫不留情地對我發出雷擊……

「我忘記說了，雄性的龍最討厭其他生物的雄性。」

同樣被電焦的小知如此補充。在他的身後，面帶爽朗微笑的木場也是焦的。只要是雄性就會一視同仁電下去是吧，雷誠。

「雷誠真是淘氣。」

淘氣過頭啦，社長……

「呵呵呵。討厭男生這一點倒是和一誠很像。」

我懂了，這就叫做同性相斥吧，朱乃學姊……

「……我還是覺得史萊太郎和觸手丸比較好……」

我再怎麼心有不甘，牠們也不會回來了。嗚嗚，你們為什麼要留下我自己先死！

「……色狼必須死。」

是的，小貓大人永遠是對的。

看來我要收服使魔還早。不過既然愛西亞得到使魔，這次的行動也算是告一段落。

Life.3 胸之回憶

知了——知了——

已經是初夏了。外頭響起擾攘的蟬鳴。

我坐在社辦的窗邊，望著外面發呆。

就只有今天，我無精打采地看著窗外。

「一誠♪你在幹嘛？」

抱。從後面抱住我的人是社長。

平常的我應該說些「喔哇！社、社長！妳這麼突然抱住我，我的背感覺到胸部的觸感，那可就不得了了！」之類的台詞才對。

但是現在的我——卻只能長嘆一口氣。

「……怎麼了？真不像你。」

社長把頭靠在我的肩上，疑惑地如此問道。大概是因為我沒有做出平常的反應，讓她覺得很無聊吧。

「不好意思，社長。我正好在回憶往事。」

「回憶往事？」

「是啊。」

沒錯，在我還是小學生時，曾經有過一次傷心的別離。

「小時候的我，曾經在這個季節失去很重要的事物。」

我以充滿哀傷的眼神眺望窗外。社長似乎也察覺到我的情況非比尋常，顯得有些困惑，但是她在我的臉頰輕輕一吻：

「你說說看吧。我來當你的聽眾。」

「我知道了。正好，順便也請大家聽一下好了。」

「可以嗎?這樣也好。各位，過來一下。」

社長一聲令下，社員們都聚集過來。

「有什麼事嗎？」

愛西亞歪著頭詢問。

「哎呀哎呀，怎麼了嗎？」

「……我很好奇。」

這是朱乃學姊和小貓。

「一誠同學的過去？身為朋友的我必須聽聽他的煩惱。」

「這也是社團活動的一環嗎？我真搞不懂日本。」

木場和潔諾薇亞也集合了。

所有人圍著我坐好。看到我有氣無力的模樣，大家都很訝異。

就在這個狀況下，我開始訴說往事。

我七歲的時候——

放學之後，我一定會去一個地方，就是附近的公園。

表演連環畫劇的大叔會過來這裡。大叔的連環畫劇是我最大的樂趣。叮鈴叮鈴——大叔搖響鈴鐺，表示畫劇要開始了。

觀眾屈指可數。全部都是小孩子。有時候只有我一個人。即使是那種時候，大叔依然用心演出連環畫劇給我看。

我最喜歡這個大叔了。

「從前從前，有個地方住著一個老公公和一個老婆婆。有一天，老公公上山砍柴，老婆婆到河邊洗衣服。當老婆婆在河邊洗衣服時——」

我滿心期待地等待接下來的發展。大叔也微笑看著這樣的我，同時換成下一張圖畫。

「有胸部從上游漂了下來。」

占滿整張圖畫紙，筆觸寫實到甚至有些多餘的胸部圖畫，讓年幼無知的我興奮不已。我打從心底覺得——啊，我好想揉這樣的胸部。

最讓我佩服的，就是大叔精湛的畫工。

「搖啊搖啊，晃呀晃呀。搖啊搖啊，晃呀晃呀。那怎麼看都是G罩杯以上的爆乳。是無論彈性或是形狀皆屬上乘的極品胸部。」

我一邊吃著點心的胸部布丁，一邊看著和胸部有關的童話故事雀躍不已。

打跑惡鬼的胸部。讓老爺爺得到幸福的胸部。讓年輕人受到上天懲罰的胸部。被狗找出來的胸部。

透過胸部童話，我明白世間的道理與是非。

連環畫劇結束之後，我詢問準備回家的大叔。

「大叔也揉過胸部嗎？」

大叔面帶微笑回答：

「是啊，當然揉過。揉過很多呢。不過呢，小弟弟。胸部不只是拿來揉的——還可以吸喔。」

「……咦？可是這樣不就跟嬰兒一樣嗎？」

當時的我，還以為胸部只能揉──可是我錯了。

「小弟弟年紀還小，大概不知道。不過等你再長大一點就會懂了──懂得那種想吸的衝動。成年男子每天都是一面對抗那種衝動一面過活。」

當時的我還不明白大叔這番話是什麼意思。只是我了解大叔所說的是件很帥的事。

「看好了，小弟弟。要像這樣吸。」

如此說道的大叔隨手拿起胸部布丁，從頂端用力一吸，布丁便「滋嚕！」一下消失在大叔口中。

「好、好厲害！」

速度之快，挑動我的少年心。

「來，我送你幾個胸部布丁。回家練習看看吧。」

大叔也相當致力於培育後進。我帶著大叔親手交給我的胸部布丁回家，在爸媽看不見的地方拚命練習吸。

可是我無論怎麼練習，都沒辦法吸得像大叔那樣。每失敗一次，我都深切體認到大叔有多偉大。

炎夏的某一天。離別突然來臨。

我興奮地騎著腳踏車前往常去的公園。

『今天會有新的故事！大叔今天會畫新的胸部童話過來！』

是怎麼樣的故事呢？開心的故事？還是難過的故事？這次的胸部是大？是小？我滿心期待，不能自拔。

騎到公園之後，映入我眼中的——

「好了，快走。真是的，大白天的就給小朋友看這種東西。」

是大叔被警察帶走的場面。

不會吧！為什麼要抓走大叔？他又沒有做什麼壞事！

對年幼的我而言，大叔就是一切。我跑到正要被帶走的大叔身邊。

「大叔！大叔！為什麼！為什麼！」

另一個警察抓著我，我沒辦法去救大叔。

「喂，不可以靠近他！這個人給你們看不該看的東西，是個壞人！」

「大叔不是壞人！大叔讓我知道胸部是什麼！大叔！大叔！胸部！胸部！」

我如此哭喊。大叔教會我好多好多事。他不是壞人。他只是色了一點。

大叔露出微笑輕聲說道：

「小弟弟。總有一天你要揉胸部。然後還要吸。」

這就是大叔最後的一句話。

「喂，你對小孩子說些什麼！快點，走了！」

「大叔！大叔！新的故事呢！新的故事呢！」

大叔屈服於不近人情的國家公權力，被帶走了。我也只能瞪著帶走大叔的警察背影。

我沒看到新的故事。到底是怎麼樣的故事？一想到這裡我就很不甘心，十分不甘心。

把我的大叔還來！把我的胸部還來！把我的……

夏天，在蟬鳴擾攘的公園。

我——失去重要的事物。

「……就是這樣的故事。」

我的過去。確實相當慘烈。我失去重要的大叔。

依然有氣無力的我偷偷觀察社員們的狀況——所有人都是一臉受不了的模樣。

怎麼可能……大家的反應讓我十分驚訝。這怎麼想都是足以感動全美的故事吧！

只有愛西亞一個人頭上冒出問號，好像搞不太清楚狀況……

「哎呀哎呀，一誠的性癖就是由此而生的。」

保持微笑又不失冷靜的朱乃學姊。

「嗯。真不知道該做何反應。話說那個人會被帶走，是因為他是變態吧。」

木場只是苦笑。不對！大叔不是變態！是神！

「……我真搞不懂日本人。」

潔諾薇亞聳聳肩，離開座位。

「不，潔諾薇亞。這樣說對其他日本人太失禮了。基本上並非所有日本人都是那麼無可救藥——」

木場在一旁解釋。你的意思是我無可救藥嗎！

「……對小孩子說那種骯髒故事的男人……根本就是變態，差勁透頂。」

帶著輕蔑眼神的小貓也離席了。

「你們這是什麼反應！會有現在的我，都得歸功於那位大叔！」

我的眼角為之抽搐。社長摟著我的頭放在胸口摸了幾下，試圖安撫我：

「我明白，一誠。是那位先生塑造現在的你吧。但是如果他能稍微講幾個比較紳士一點的故事，應該會更好吧。」

「不過我無法想像不好色的一誠是什麼樣子。用色瞇瞇的眼神看著女生才是一誠。」

「是啊，我同意，朱乃。對女生的胸部沒興趣的一誠就不是一誠了。只要看到一誠的視線落在我的胸口，我就會覺得『太好了，這個孩子今天也很健康』而感到放心。」

社長和朱乃學姊好像針對我聊了起來。我的眼神有那麼好色嗎！我、我的確是幾乎每天都盯著社長和朱乃學姊的軀體細細品味沒錯！

「……不是大色狼的一誠學長……………………」

小貓一臉凝重地思考，頭越來越歪。咦！不好色的我有那麼難以想像嗎！好吧，就連我自己也無法想像！

可是大叔對我而言是命運的導師！我現在能夠像這樣以臉感受社長胸部的觸感並且為之欣喜，也是因為大叔的遺志活在我的心中！

可惡！社長的胸部最棒了！

傍晚，社團活動結束之後，我走在回家的路上。兩旁是社長和愛西亞。因為我們住在同一個地方，回家當然也是一起走。

總覺得今天糟透了。難得我分享往事，卻沒有任何人有所共鳴。

算了！反正我對大叔的回憶只屬於我一個人！

「……社長，一誠先生不太高興。」

「愛西亞，像這種時候最好的應對方式就是別理他。」

她們兩個好像在交頭接耳什麼，但是我不想理會。回憶遭到踐踏，我該如何排解這種心情啊？

叮鈴叮鈴。

我懷著複雜的心情走在回家的路上，突然聽見那個懷念的聲響。

——！

我的視線看向聲響傳來的地方。我感覺自己的雙眼因為驚訝而瞪得老大。

——十年。沒錯，十年了。

叮鈴叮鈴。那是開演的鈴聲。

在我們路過的公園角落，一名熟悉的男子正在準備連環畫劇。

「——」

回過神來，我已經默默奔向那名男子。

不會錯的。那張臉。雖然老了很多，但是不會錯的！

「是、是大叔嗎……？」

我戰戰兢兢地如此詢問那名中年男子。男子注意到我之後，望著我的臉看了一下，隨即露出微笑：

「你是──是啊，我一下子就認出來了。你長大了，小弟弟。」

啊──果然……果然沒錯！

「大、大叔！你還活著！」

這可是感人的重逢！大叔！從那天之後就沒見過了！話說大叔居然認得長大的我！我高興到眼淚都湧上來了！

大叔多了好多小皺紋……

「是啊，托你的福。已經過了幾年啦？差不多有十年沒見了吧。哈哈哈，小弟弟，你真的長大了──揉過胸部了嗎？」

──

或許這十年來，我一直在等待這個問題吧。一想到這裡，淚水自然從我的臉下滑落。然後我帶著微笑點頭，一次又一次點頭：

「嗯。揉過了！我揉過了！胸部超棒的！就是她，她就是我第一個揉的胸部！」

我如此介紹來到我身邊的社長。社長顯得有些為難，不知該如何反應，不過唯有今天請妳見諒。

聽到我的回答，大叔滿意地點頭：

「是啊是啊。那就好。過了十年，當年的小弟弟也交到女朋友了。還是個胸部很雄偉的女朋友呢。要趁年輕時多揉一點喔。對了，如何，你明白我當年告訴你的事了吧？——很想吸胸部吧？」

「是啊，很想吸！大叔！我好想吸胸部啊！」

聽到我的話，大叔露出笑容：

「小弟弟，那時沒能讓你看到的連環畫劇，你還想看嗎？」

大叔從專用腳踏車上拿出來的——是我那天沒能看到的，待續的夢想。

那年夏天沒有實現的回憶。我擦乾眼淚，笑容滿面地回答：

「嗯！」

叮鈴叮鈴。開演的鈴聲響起。沒錯，那天的後續再次展開。

「那麼，『摘乳爺爺』的故事要開始囉～～從前從前，有個地方～～住著一位能夠摘除胸部的老爺爺～～」

我和十年前一樣，拿著大叔遞給我的胸部布丁，抱膝坐在地上聽得入迷。我聽見兩人在我身後對話。真希望她們兩個也來聽。

「那、那個，社長……我應該怎麼辦才好……」

「愛西亞，順其自然吧。不過如果小貓也在這裡，應該會這麼說吧——咦，小貓，原來妳在啊？」

「……果然，差勁極了。」

我無視這些冷言冷語，傾聽摘除胸部的老爺爺的故事。

Life.4　網球胸部

大家好。今年夏天好熱啊。

現在的我坐在社辦的一角盯著字典。嗯——……好深奧啊。沒想到我正在查的東西有這麼深奧。

「一誠先生，你在查什麼啊？」

愛西亞在我身旁跟著看向字典。

「喔，我在查『歐派』這個詞的起源。」

「……歐、歐派嗎……」

愛西亞不知該如何反應，然而我是認真的。我從很久以前就對這件事非常好奇。

——歐派。

多麼美妙的發音。第一個發出這幾個音的日本人理應留名青史。能像這樣緊緊抓住男人心的詞彙不多了。足以震撼身心的詞彙，據我所知只有「歐派」和「裸胸」。

我很想知道日本人為什麼稱呼女性的胸部為「歐派」，所以查了一下。

「……說法有很多呢。有一個說法是說從『喔，好吃』轉變而來。還有另一個說法是古朝鮮語中稱呼『吸食的東西』為『派』，這也有可能是起源。最有力的說法是前者。愛西亞覺得呢？」

「我、我覺得嗎……我想對嬰兒來說，胸部應該是好吃的東西吧？所以還是『喔，好吃』的說法吧。」

儘管困惑，老實的愛西亞依然可愛地歪著頭，如此回答我的問題。咦？這算是性騷擾嗎？算、算了，先不管這個。

——我覺得不管活到幾歲，對男人而言胸部都是好吃的東西！

我差點脫口說出這種話，但是總算忍住了。好險好險。愛西亞打從心底信任我，我可不能教她一些太奇怪的事。還是換個話題吧！

「社、社長去學生會辦公室也去太久了——」

我硬是換個話題。這時——

「社長大概是和會長聊得很開心吧。對了，一誠、愛西亞，你們要喝茶嗎？」

朱乃學姊幫我和愛西亞泡茶。

我們神祕學研究社的成員都在等前往學生會辦公室的社長回來。

社長和蒼那會長是朋友，大概是聊到忘我了吧……

「將軍。是我贏了。」

「姆，無路可走。我輸了。」

木場和潔諾薇亞在附近的桌子下將棋。

「……這樣潔諾薇亞學姊就輸五局了。」

小貓在一旁看著他們兩個一較高下。

「加斯帕要不要喝茶？」

朱乃學姊對著社辦角落的大紙箱開口。

「謝、謝謝學姊～～！」

紙箱裡面傳出聲音。沒錯，加斯帕就在那個紙箱裡。

「加斯帕，喝茶時給我離開紙箱。」

我一邊嘆氣一邊開口，但是這樣只是讓他哭著表示：

「對、對不起──！我不要！我不要去外面！」

他就像這樣，不擅於與人應對，所以總是待在紙箱裡。是個令人傷腦筋的學弟。

「各位，我回來了。」

走進社辦的人是社長。

社長進來之後，社員就此到齊。

在神祕學研究社的例行會議上，社長一臉困惑地開口：

「我們得提交社團活動報告才行。」

「咦？那不是才剛提交嗎？」

這是我的反應。基本上社長之所以離開這裡，就是為了將社團活動報告交給蒼那會長。

社長嘆氣說道：

「表面上的活動報告有我剛才交出去的『ＵＦＯ與惡魔的關聯』就ＯＫ。問題在於我們身為惡魔的活動報告。最近發生太多事件，害我完全忘記提交期限。今年和去年不同，截止日期稍微早了一點。」

「惡魔的活動報告……啊。」

對於第一次聽見的事，我歪頭表示疑惑。這時木場為我補充說明：

「照理來說，身為純血種的社長必須就讀位於冥界的上級惡魔學校。但是社長以特優生的身分來到日本留學。如果不在駒王學園修完原本該在惡魔學校修的學分，就必須強制返回冥界。」

現代的惡魔面臨絕種的危機，甚至嚴重到必須接納人類成為轉生惡魔的程度。嗯──社長身為兩位純種惡魔的結晶也很辛苦。

朱乃學姊針對木場的說明進行補充：

「關於取得學分的方式，以社長來說，除了和人類簽訂契約之外，還包括研究人類世界的──日本的魔物、妖怪等種族。其實為了協助社長的研究，我們眷屬也因此得到相當程度的活動自由。」

喔──原來如此。所以社長才會成立神祕學研究社啊。我們眷屬能夠在人類世界生活，也是因為身為社長的僕人，為了從事神祕學研究社的活動而得到許可。要在人類世界生活，必須有所屬單位、負責職位，以及實際業務才行。

社長環視圍著桌子坐定的全體社員，鄭重其事地開口：

「就是這麼回事，現在開始我要製作提交冥界的活動報告。我想知道住在這個鎮上的魔物和妖怪近況如何。依照慣例，先去郊外沼澤找住在那裡的博學河童打聽一下好了。」

河童？是指頭上頂個圓盤、最喜歡吃小黃瓜、住在水邊的那種河童？

不理會滿心訝異的我，木場舉手對社長說道：

「社長，那個河童回老家了。他說要繼承家業種植小黃瓜。」

「……這樣啊，回老家啦。總比在這裡夢想當個饒舌歌手踏實多了。」

社長不住點頭，好像在表示認同。

「那、那是怎樣，什麼饒舌歌手河童？」

我這麼詢問木場。

「不想繼承小黃瓜農家的河童離家出走，住在這個鎮上。牠會唱點饒舌歌。我經常聽他唱那首『尻子玉狂想曲』。」

這個歌名也太莫名其妙了……是哪門子的狂想曲啊。

「……幾乎要曬乾圓盤的都會之光，無法傳達我的憤怒是為哪樁，拿走你的尻子玉看有什麼名堂。」

喔喔！小貓突然唱起饒舌歌來了！

「小貓是他的歌迷。」

木場如此說道。真的假的啊，小貓。她喜歡饒舌歌喔？話說這個歌詞也太獨特了……因為是河童寫的嗎？

「可是因為父親罹患圓盤縮小症，所以回老家了。他的老家採用現在很少見的傳統妖怪式耕種法栽種小黃瓜，這下總算可以維持傳統了。」

妖、妖怪式耕種法和圓盤縮小症又是什麼……出現許多我完全沒聽過的詞彙，害我腦袋一團混亂。

「那麼，去找住在四丁目那棟老舊洋房，喜愛八卦的無頭騎士好了。」

「無頭騎士？」

社長又說出我沒聽過的詞彙，害我忍不住複誦。於是潔諾薇亞回答我的疑問：

「就是沒有頭的鎧甲騎士。騎著巨大的馬，拎著自己的頭顱，是種會預言死亡的魔物，主要在歐洲活動。我也打倒過好幾個。」

不愧是待過梵蒂岡的驅魔師！驅除魔物是拿手好戲！

木場在我面前放了一本很厚的書。這是什麼？

「魔物大圖鑑。說出你想看的魔物名稱，就會自動打開頁面。比方說『無頭騎士』。」

話聲一落，書便自行掀開，書頁也自動翻動。喔喔，好魔法的方式！接著書頁在我的眼前靜止。看了一眼，上面是騎著馬，沒有頭的騎士的插圖，還寫著我看不懂的文字。這是惡魔的文字吧。我還沒辦法完全看懂。

我看不懂上面的說明，但是能從插圖明白無頭騎士的特徵。

坐在我身旁的愛西亞也看著書上的插圖和文字，好像很感興趣。

「那位無頭騎士不久之前因為嚴重的頸部椎間盤突出，住進專科醫院了。」

朱乃學姊看著手邊的資料，向社長報告。

沒有頭還會頸部椎間盤突出！莫名其妙嘛！把頭拿在手上也會造成椎間盤突出嗎！

聽到朱乃學姊的報告，社長也嘆了口氣：

「這樣啊，無頭騎士也很辛苦呢。要好好愛護脖子才行。」

這樣聽下來，社長她們的情報來源好像都聯絡不上。於是我指著裝有混血吸血鬼加斯帕的紙箱開口：

「社長，既然如此，要不要試著把少見的紙箱吸血鬼寫成報告交出去啊？睡的不是棺材而是紙箱的罕見吸血鬼，應該沒幾個。」

「學、學、學長——————！你、你在說什麼啊——————！」

紙箱中傳出慘叫。我來到紙箱旁邊拍了兩下：

「你已經是社長的眷屬了，就應該配合才對。你喜歡怎麼樣的紙箱？紙箱裡面住起來的感覺如何？不同廠商的紙箱有什麼不一樣的地方嗎？話說乾脆就這樣把他整箱傳送到冥界比較好吧？」

「嗚哇——————！一、一誠學長要把我打包出貨嗎——————！」

「紙箱吸血鬼。還是產地直送的喔！」

我和加斯帕鬧了一陣子，社長語帶嘆息地開口：

「好吧，我知道了。就採取其他手段吧。」

「其他手段？還有其他人選嗎？」

社長點頭回答我的問題：

「這個學園裡有個人類，對於魔物的知識相當豐富。」

我第一次聽說這種事。

—○●○—

啪——叩——

網球場傳來揮拍擊球的聲響。

社長帶著我來到網球場。聽說社長想找的人好像就在這裡。

話說回來！女生的網球裝果然讚！鐵絲網的另外一邊可以看到迷你裙和底下的安全褲！儘管不是真正的內褲，但是那也很棒！更棒的是大腿！大腿超棒的！夏天的網球果然是最棒的！

「是野獸兵藤！不准看這邊！」

「變、變態！」

嗚喔喔喔！女生們發現我在鐵絲網旁興奮地看著她們，發出強烈的抗議！大概是因為我太好色了，女生都很討厭我。哼！無所謂，我可以親近社長還有愛西亞就夠了！只是讓我參觀一下有什麼關係！

「囉嗦！看一下妳們也不會少塊肉，有什麼關係！」

「被你看到就是我們的損失！想看就帶木場同學過來！」

「不要！不准讓我進入你的視野裡！救命啊，木場同學！」

可惡！居然把我當成髒東西！型男就那麼好嗎！該死的木場！下次請跟我一起過來！只要有你在場，我就可以看到爽了！

「過來，一誠。走囉。」

社長伸手扶著額頭，顯得十分傷腦筋。不好意思，社長。我的情色感應器一旦啟動，注意力就會忍不住偏到那邊……

「那麼社長，那個人知道社長是惡魔嗎？」

「姑且知道。這所學校也招收和惡魔有所交情，生活在特殊環境的人類。在這種人入學時，我們會針對以這所學校為根據地的惡魔稍微說明。」

我和社長坐在網球場附近的長椅，聊著這些話題。

喔——原來這所學校還有很多我不知道的事。

我們和對方預計在這裡碰面，但是好像稍微來得太早一點，對方還沒現身。

我很好奇女生那邊的狀況，動不動就看往網球場。這時，一陣達達的馬蹄聲傳進耳中。

「呵呵呵呵！日安啊，莉雅絲小姐！真難得妳會過來這裡！歡迎妳啊！」

一名高聲大笑的女子騎著巨大的馬現身！棕色頭髮帶著高雅的捲度。話說她竟然在學校裡騎馬！

我認得她。她是網球社社長——三年級的安倍清芽學姊。我不會漏掉任何美少女！

不過更讓人驚訝的是安倍學姊身後的東西！一個沒有頭的甲冑騎士也騎在馬上！嗚哇啊啊啊啊啊，真的沒有頭！

嘶嘶嘶嘶嘶————！

那匹馬放聲嘶鳴！膚色黝黑的大馬！眼睛閃爍詭異的光芒！鼻子噴出的氣息也很沉重！這匹散發危險氣息的世紀末霸者專用馬是怎麼回事！

安倍學姊下馬之後，發出「答——答——」的聲音安撫馬。同時無頭騎士也一起下馬。

「呵呵呵，這匹馬很棒吧？前一陣子，住在這個鎮上的無頭騎士史密斯先生的頭住院了，這段期間由我照顧牠。」

學姊說得頗為自豪。等等，這匹馬是魔物？難怪，我覺得牠身上散發奇怪的氣息！不過一個高中女生不應該騎這種馬吧！

「這位是史密斯先生的身體。」

明明沒有頭，無頭騎士依然做出好像低頭的動作。大概是在打招呼吧。原來這就是無頭

騎士啊。魔物在學校大搖大擺不太妙吧！我記得他的頭因為頸部椎間盤突出，住院去了……身體倒是沒事。現在是夏天，光是用看的都覺得鎧甲很熱。

還有他手上抱的那顆西瓜是怎麼樣……

「哎呀，把魔物帶進學校是違反校規喔。」

社長對安倍學姊如此說道。我覺得現在的問題已經不是違反校規了，社長！

「頭住院的期間，總不能讓身體單獨行動吧？所以我才把他和馬一起帶回來照顧。不過也不能讓他白吃白喝，所以找了一個工作給他。就是網球社的吉祥物！無頭騎士『無頭本田同學』！以西瓜來代替頭！很適合夏天吧？」

「吉祥物？不不不，這行不通吧！他怎麼看都是魔物！完完全全沒有頭！太可怕了吧！沒有頭還會動！拿西瓜來代替更是莫名其妙！還有本田？本田是怎麼回事！」

我如此吐嘈——但是社長好像接受了，點頭表示：

「既然是吉祥物就沒辦法了。」

「社長？咦咦！這樣真的可以嗎？沒有頭耶！」

「頭不是問題。」

問題大了，社長！沒有頭耶！沒有頭的東西應該不會動吧！那個無論怎麼看都是怪物一類的東西吧！

「會長答應我時也是這麼說的。」

這是學姊的反應。豈有此理！連會長也這樣！沒有頭耶！

「呀啊——！本田同學——！你的西洋甲冑今天依然閃閃發亮呢——！」

「沒有頭的吉祥物真是創新！好可愛喔～！」

鐵絲網另外一邊的女子網球社員發出歡喜的尖叫！無頭騎士舉手回應。

喔喔喔，好驚人的人氣！總覺得他這麼有人氣是一件很不對的事，難道無頭騎士在高中女生族群當中正流行嗎！

「兵藤去死！」

「離開莉雅絲學姊！畜生！害蟲！」

「本田同學！砍下兵藤同學的頭！」

咦咦咦咦咦咦咦咦咦咦咦咦咦咦咦咦咦咦咦咦咦！無頭騎士比我還有人氣嗎！怎麼可能！怎麼看都是我比較像人吧！儘管是惡魔，但是總比沒有頭的魔物騎士要來得可愛吧！而且有頭！

無頭騎士拍拍極度震驚的我的肩膀——不對，是本田！

「本田————！你明明沒有頭為什麼比人模人樣的我還有女人緣！沒有頭反而比較受網球社歡迎嗎？是這樣的嗎？原來是這樣啊！社長，請把我的頭砍下來！如果這樣就有女人緣的話，很划得來的！斷頭PLEASE——！」

「冷靜一點，一誠。這樣會死喔。」

嗚嗚，我知道。我知道，可是……在我垂頭喪氣時，學姊話鋒一轉，詢問社長：

「那麼莉雅絲同學，妳找我有什麼事？」

「網球社社長安倍清芽同學，不好意思，我想採訪身為魔物駕馭者的妳，不知道方不方便？如果可以針對妳驅使的魔物和妖怪請教妳幾個問題的話就更好了。」

社長如此請求，但是——

「我不要。」

安倍學姊立刻拒絕。

「為什麼我得把自己的事告訴妳這個惡魔？我很感謝妳接納在特殊環境長大的我進入這所學校，不過這和妳的要求是兩回事吧？莉雅絲同學在各種業界都有人脈，應該不需要拘泥在我身上吧？」

唔唔唔，她對待社長的態度讓我有點不爽！但是社長維持一貫的冷靜，繼續交涉。

「建立我們之間的人脈，也是一個選擇吧？」

安倍學姊把手放在嘴邊，高聲大笑：

「呵呵呵呵呵呵！妳也太自抬身價了！不過若是和妳建立關係，之後會很可怕吧！同樣的，我和身為惡魔的會長也想保持一定的距離。和惡魔交易要慎重，否則連靈魂都會被拿走喔！」

「……………」

安倍學姊的反應讓社長無奈嘆氣。

啊——對喔。這就是非惡魔的人們對我們的認知。

我變成惡魔，開始在惡魔的世界奮鬥之後，不知不覺間已經頗為融入惡魔的行事方式。

然而對於非惡魔的人而言，惡魔是魔性的象徵。簽訂契約，就表示必須支付相對的代價。大家都覺得和惡魔進行交易是很可怕的事吧。

如果我還是人類，有惡魔找我交易的話，我也會害怕吧。

因此就連社長也只能苦笑說道：

「在現在這個時代，我們可不會為了這種程度的交易做出那麼誇張的事喔。我會以一般的方式，請妳喝茶或是吃飯作為答謝。這樣也不行嗎？」

「朱乃學姊泡的茶超好喝喔！」

社長如此邀約，我也在一旁幫腔。這時安倍學姊好像想到什麼，露出不懷好意的笑容：

「呵呵呵，我想到一個好主意。依照一般的方式交涉太無趣了，不如這樣吧。我和我驅使的魔物一組，莉雅絲同學和神祕學研究社的成員一組，來場網球比賽如何？贏家可以無條件要求輸家任何事。」

喂喂！怎麼突然說要比網球！而且這種條件是怎樣！

「哎呀，這個主意聽起來很有趣。網球的話我也會打。如果我們贏了，妳就得接受採訪，協助我寫報告喔？那麼如果清芽同學贏了，妳有什麼要求？」

喔喔！社長答應得好乾脆！你真的很喜歡比賽呢，大姊姊！

安倍學姊的視線忽然移到我身上，盯著我端詳起來：

「……莫非，你就是現在業界蔚為話題的『赭紅色的龍之帝王（Welsh Dragon）』赤龍帝？」

「是、是的，我就是。」

美少女學姊以很感興趣的眼神看著我，照理來說感覺應該不壞……但是我總覺得這個人的眼神很可怕……該怎麼說，那是種危險收藏家的眼神……因為不曾有人以這種眼神看過我，真的很可怕。

「我決定了。如果我贏了，可以把他借給我嗎？稀有的龍族真是棒極了！既然是惡魔的眷屬大概不能給我，但是如果暫借一下——」

「不行。」

社長立刻帶著笑容回絕。她的笑容雖然燦爛，卻散發一股恐怖的氣息。太、太嚇人了，社長！

社長很重視自己的眷屬惡魔。而且她又特別寵愛我，大概是因為這樣，只要出現類似這樣的話題，她就會非常嚴格。社長把我拉到身邊，一副不打算交給任何人的樣子：

「他是我重要的僕人。如果妳有這種想法，我絕對不會讓妳碰他一下。」

見了社長的反應，安倍學姊嘆口氣：

「既然如此，就當作沒這件事——」

「我們接受。」

突然冒出第三人的聲音，蓋過安倍學姊的意見。

我轉頭一看，來者是朱乃學姊。

「如果我們贏了，清芽同學就要協助我們寫報告。如果清芽同學贏了，一誠就暫時借給妳。這樣可以吧？」

咦？無視我本人的意願嗎！本田拍拍我的肩膀，對我表示同情。啊，本田說不定是個好人……

「等一下，朱乃！」

社長試圖對朱乃學姊表示異議，但是朱乃學姊說聲：

「社長，只要打贏就好。只要妳贏了就萬事順利。」

面對朱乃學姊不由分說的態度，社長原本還想說些什麼——最後還是嘆了口氣，心不甘情不願地點頭。果然，我的意願還是不被當成一回事吧！

「好吧，我明白了。」

得到社長的同意之後，安倍學姊高聲大笑：

「呵呵呵呵呵呵！那就成交囉！老實說，你們想和我這個網球社主將對決真是太有勇無謀了！你們好好練習吧！我驅使的可愛魔物可是連網球都打得很好喔！」

「我會讓妳見識一下上級惡魔的網球。我才不會把我可愛的一誠交給妳這種人！」

「那我可要好好地拭目以待！呵呵呵，這個嘛，等我得到兵藤學弟，到時候一定要用和妳不同的方式來好好疼愛他！」

雙方臉貼著臉，相視而笑。好可怕！臉上雖然在笑，身上卻散發驚人的殺氣！妳們兩個都是來真的！我、我變成賭注了！我之後會有什麼遭遇啊！

「對不起了，一誠。」

朱乃學姊抱著我向我道歉。胸、胸部的觸感！

「我要是不那麼說，社長就不會繼續談下去。我也會努力的。」

「好、好的！我沒關係！」

能得到朱乃學姊這樣的對待，我也沒什麼好抱怨了！

只要社長贏了就萬事ＯＫ，但是我也很好奇暫時被借給安倍學姊會發生什麼事。那種收藏家的視線是很嚇人，但是她長得那麼漂亮，而且還說會好好「疼愛」我。說、說不定我會碰上入浴事件還有其他各式各樣的好處！我不禁如此妄想。我這個僕人怎麼會如此不忠於主人又好色啊！

不過我沒打過幾次網球就是了……

—○●○—

決戰當天——

「呵呵呵。光是你們沒有逃跑敢來赴約就值得稱讚。」

已經先到球場等待的安倍學姊以得意的笑容迎接我們。鐵絲網的另外一邊有各式各樣的怪物瞪著我們。那些就是安倍學姊驅使的妖怪和魔物啊。還挺多的。牠們全都散發異樣的氣息，超可怕的！

至於那個吉祥物，也就是無頭騎士的身體——本田，則是對我揮手致意。本田！你果然是個好人！

「今天贏的是我們。」

社長也充滿信心，如此宣戰！社長好有鬥志啊！

「比賽方式如下，單打兩場、雙打一場，總共比三場，由取得兩場勝利的一方勝出。我和莉雅絲同學一定要出賽。剩下的選手雙方各自抽籤決定。」

安倍學姊已經準備好籤了。準備得真周到。只是絕對不要讓我抽到啊——！我真的毫無自信！由我上場一定會拖累社長，這種時候還是讓朱乃學姊、木場，或是潔諾薇亞抽到吧！拜託了！籤的前端如果是藍色就是單打選手，是紅色就是雙打選手。

「我是單打。」

「單打。」

喔喔！馬上就有人抽到了！單打選手是朱乃學姊和潔諾薇亞！我的祈求靈驗了！

「我是雙打。」

社長是雙打之一！

那麼拜託讓雙打的社長和木場還是小貓搭檔吧！沒有運動細胞的愛西亞和不擅長打網球的我一定派不上用場！

我閉上眼睛抽籤之後，提心吊膽地睜開眼睛——籤的前端是紅色的！

「看來我的搭檔是一誠。一起加油吧。」

「嗚哇啊啊啊啊啊！真的假的！」

社長面帶笑容，相對的我則是一臉蒼白。我的背上竄過一陣寒意！這股壓力也太大了！

我絕對會扯社長的後腿！

於是來到第一場比賽。出戰的是朱乃學姊。對手是——

「請多指教～」

雙臂化為翅膀的——魔物女孩！嗚哇——！好可愛！原來還有這種女性魔物！

「是哈比啊。那是一種長了翅膀的魔物。多半都是女性。」

社長為我說明！真的假的！居然還有這麼可愛的女生，魔物業界也太廣大了！而且胸部又很大！雖然腳上長了鳥爪，卻有七分像人，又是美少女！真叫人受不了！

哈比運用翅膀上的手掌靈巧地拿起球拍，和朱乃學姊在球場上各據一方。

「朱乃學姊加油！」

我放聲為朱乃學姊加油。同時也在心中喊著「哈比美眉也加油！」這是我別有用意的真心話。我怎麼這麼好色！可是有那麼可愛的魔物陪伴我，也是一件很美妙的事！啊——我開始覺得建立魔物後宮也不錯了。

「哎呀哎呀，真是漏洞百出啊，哈比小姐！」

「討厭～～這位惡魔大姊好強～～」

比賽是由朱乃學姊獲得壓倒性的勝利，我們得到一勝！好！這樣一來只要下一場潔諾薇亞贏了，我們就贏了！我也不需要雙打了！

「好，輪到我了。」

潔諾薇亞一面拿著球拍轉動，一面走向球場。雖然潔諾薇亞說她沒什麼球類運動的經驗，但是她的運動神經超群，應該有辦法吧！

「請多指教。」

潔諾薇亞的對手是下半身是蛇的女子。唔喔喔喔！雖然下半身是蛇，卻別有一番韻味！話說這個女性魔物也是相當不錯的美少女！沒、沒有大腿雖然讓人非常遺憾，不過還有胸部！光是這樣我就可以！

「是拉米亞族啊。她們同樣也是女性較多的魔物種族。」

什麼！都是女性的魔物還不只一種！太棒了！世界真是太大了！下次去收服魔物好了。我想去都是女性魔物的村莊！

我的夢想逐漸擴張，妄想也越來越膨脹，這時無頭騎士本田過來請我吃西瓜。有西瓜吃我是很感謝，但是把代替頭的東西當成甜點端出來是怎麼回事啊，本田……

不過那個小姐的蛇身動起來不太方便吧？這麼一來應該是動作靈活的潔諾薇亞會贏——正當我如此心想之時。

「唔！厲害！」

潔諾薇亞陷入了苦戰！

「看招！」

沒想到蛇女小姐意外地強！或許是因為下半身是蛇吧，她不太需要移動，光是伸長身體就可以占據整個球場！而且還像蛇一樣難纏，是那種撐過攻擊，等待機會逆轉的類型！

「非常抱歉，是我能力不足。」

潔諾薇亞向社長道歉。經過長期抗戰之後，最後是潔諾薇亞輸了！

嗚哇——這樣一來，要打最後一場的我豈不是責任重大嗎——！

「沒問題，我和一誠會贏的。你們也放心吧！」

社長幹勁十足！我也得下定決心才行嗎！

「我也要在最後的雙打上場。搭檔嘛——是雪女。來吧，我可愛的雪女！」

安倍學姊朝著那群怪物大喊。

真的假的！雪、雪女！我在腦中想像穿著單薄和服的妖豔美女妖怪！

就是在雪山和遇難男子有段命運的邂逅，之後化身人類走進人類社會的那個雪女吧！就是最後還嫁給那名男子的雪女吧！

繼哈比、拉米亞之後是雪女！讓我凍死吧，雪女小姐——！

「呵哮——————！」

一隻巨大的白色大猩猩在我眼前放聲咆哮。

咚咚咚咚咚！牠舉起粗壯的雙手敲打厚實的胸膛，做出大猩猩的捶胸動作。安倍學姊向我們介紹那隻大猩猩：

「我來介紹一下。牠就是雪女——也就是雌性雪怪，名叫克莉絲蒂。」

「克莉絲蒂————————！」

超乎想像的清靈名字以及殘酷的報告讓我嚇到眼珠快要蹦出來！

咦咦咦咦咦咦咦咦咦咦咦咦咦咦咦咦！雪女？妳少騙人了！那種東西明明就是巨大的白色大猩猩吧！啊，可是牠的頭上的確有個可愛的蝴蝶結沒錯！但是牠的猩猩度已經達到令人無法原諒的程度！

「開什麼玩笑！雪女小姐怎麼可能會是這種體毛茂密又會捶胸的傢伙————！妳知不知道捶胸是什麼！是大猩猩嚇阻外敵的動作耶！那根本就是捶胸！牠明明就是大猩猩！是大猩猩啦！」

聽到我的血淚控訴，安倍學姊怒不可抑：

「你別胡說！克莉絲蒂是稱職的雪女！這女孩的媽媽更是極為稱職的雪女，為了保護雪山，不知趕跑了多少支登山隊伍！」

「當然會逃跑！看到這種東西出現當然會跑！在山上遇見巨大的白色猩猩妳會怎麼辦！除了逃跑以外沒有其他選項吧！在雪山連可以用來與牠建立友好關係的香蕉也會凍得硬梆梆

而派不上用場！只能拿來敲釘子！」

妳看妳看妳看！牠都在我們眼前做出大猩猩的特有動作，握拳撐地步行了──────！那是大猩猩！學名叫「西部大猩猩」的大猩猩！雪山大猩猩走進人類社會啦──────！在凍死之前就會被那健壯的體格揮出的拳頭打死了！

「嗚呵嗚呵。」

叫聲還是「嗚呵嗚呵」──────！完全就是猩猩！

「一誠！雪女的冷凍噴氣很厲害喔！若是中招立刻會變成冰雕！」

「社長！咦？那真的是雪女嗎！書裡、電視上出現的雪女不都是美女嗎！頭上戴的那個蝴蝶結可愛過頭反而讓人湧現殺意！再說冷凍噴氣是哪招！我沒聽過那種網球用語！」

「所謂現實比小說更離奇。一誠，這句話你要銘記在心。」

「我不要──────！不需要這麼離奇吧──────！就算是作夢也好！我喜歡的是性感的雪女啊──────！口吐冷凍噴氣的大猩猩豈不是怪獸嗎！那是冷凍大猩猩怪獸猩莉絲蒂才對──────！滾回去！給我滾回山上去──────！」

「克莉絲蒂。他好像對雪女很有興趣的樣子喔。美麗真是罪過啊。」

安倍學姊做出極度危險的發言！別這樣！我對大猩猩一點興趣都沒有！不要說那種話讓大猩猩注意我好嗎！

但是大猩猩盯著我看了一會兒……

「嗚呵呵（笑）。」

露出嘲弄的笑容瞄了我一眼！

噗滋！我腦中有個地方猛然綳斷！

可惡！我怒火中燒，幹勁一湧而上！克莉絲蒂！不對，猩莉絲蒂————————！

「一誠先生，加油！不要輸給克莉絲蒂！」

「加油喔，一誠。期待你帥氣的表現。」

愛西亞和朱乃學姊為我加油！唔喔喔喔！聽到她們的聲音，我可不能辜負社員的期待！對於大猩猩的憤怒以及來自美少女的聲援，使得一股熱流瞬間流遍我的全身！

「可惡！事到如今只能上了！社長，我會努力的！」

「說的好，一誠！這樣才是我的眷屬惡魔！」

我對網球完全沒有自信，但也只能硬上了！現在不能退縮！我可不能讓女孩子看見我窩囊的一面！我總算是靠色狼毅力振作起來。

但是在我振作氣勢之時，一個難以置信的物體映入我的視野。

嗡————！振盪空氣的低沉聲響！猩莉絲蒂揮舞可怕的東西！

「那支大到不像話的球拍是怎麼樣！」

猩莉絲蒂手上拿著一隻巨大的球拍！那怎麼看都是武器————！

我再次嚇到眼珠差點蹦出來，安倍學姊卻是稀鬆平常地回答：

「是特製球拍。」

「根本是鈍器！那是武器吧！那個大小就算拿來對付巨大怪物也足以撂倒對手！那算哪門子的球拍！咦？我會死在那個東西下嗎！」

要是那個從頭上打下來，我會被線切成一塊一塊吧！

於是一較高下——不，是一決生死的時刻終於開始。

擲硬幣猜中的社長選擇發球權，安倍學姊則是得到選擇場地的權利。

砰、砰。準備發球的社長拿球在地上彈了幾下，然後高高拋起——一口氣打出去！

社長打出的球在場內彈了一下，被安倍學姊打回來！接著一連串的來回擊球就此展開。

「嗚喔！嗚哇！」

我也很想對球作出反應，但是兩位高手的動作實在太輕快，我完全跟不上！

話說社長和學姊都具備不需要搭檔也足以對戰的球技！

……唔，嗯——雖然振作氣勢參加比賽，但是我真的有需要上場嗎？仔細一看，猩莉絲蒂也不像有所行動的模樣，只是待在一旁。不過只有全身上下那股嚇人的震撼力不見衰退。

無所事事的我決定欣賞社長的美腿和安全褲。啊啊，社長白皙的腿看起來好滑嫩！大腿的光澤更是棒極了！

「克莉絲蒂！球到妳那邊去了！狠狠打回去吧！」

安倍學姊如此叫道。在我看社長的美腿看得入迷時，球好像飛往猩莉絲蒂那邊。雪山大猩猩眼中閃現銳利的光芒，擺出架勢！果然怎麼看都不像雪女————！

「嗚呵！」

轟隆！迴盪在球場的巨響聽起來一點都不像拿球拍擊球的聲音！

瞬間有個東西以超高速度掠過我的身邊——

咚嚨————！爆炸聲從我身後傳來！

……我戰戰兢兢轉頭往後看……眼前出現一個巨大的隕石坑！喂————！球場被牠破壞了耶！

我知道這是猩莉絲蒂剛才那球所造成的！但是球呢？球上哪去了？

「一誠同學！小心一點！剛才那拍把球打爆了！」

木場如此大喊。木場不愧是「騎士(knight)」！動態視力很好！

……………不對不對，球被打爆了？真的假的！猩莉絲蒂的擊球可以破壞球和球場喔！會死！正面被這種球打到會死！

「滾回叢林去！這隻大猩猩！」

雙方的來回擊球依然持續。我也參了一腳，設法把球打回去。

「不！克莉絲蒂的故鄉是日本阿爾卑斯！」

「日本產的還叫克莉絲蒂！妳不會想跟我說日本阿爾卑斯是外國吧！」

一面來回擊球還一面和安倍學姊鬥嘴。我也越打越順手了！正當我如此覺得時，猩莉絲蒂嘴巴大張——

「噗呼————！」猩莉絲蒂口中吹出風雪！嗚哇，好冰！冷死了！這就是所謂的冷凍噴氣嗎！真的是怪獸！

僵。啊，我拿著球拍的手不知不覺結凍了————！

我的動作變得遲緩。球毫不留情地奪得分數。

「呵呵呵呵！這下我們贏定了！」

安倍學姊把手放在嘴邊高聲大笑。

唔……面對冷凍大猩猩的威脅，我無計可施。我會就此變成網球社社長的玩具嗎……

這、這樣也不見得是壞事，但是仔細想想又有之後可能遭到社長怨恨的預感……因為社長最近對這方面特別嚴格……

正當我陷入苦戰時，沒有頭的甲冑騎士走到我身邊。

「本田，你想幹嘛？」

本田拆下自己的鎧甲，用拇指指著空洞。

「難道你要我穿上你的鎧甲？」

我這麼一問，本田便豎起拇指做出「沒錯」的手勢。

「為什麼，我和你可是敵對關係喔？」

本田拿出類似紙板的東西，用簽字筆在上面寫字。

『雪女是母雪怪這件事讓在下也為之憤慨。穿上吧！宰了那個傢伙！』

——

我壓抑不住湧上心頭的情感！本田——————！果然沒錯！先是哈比、拉米亞，之後接著出現是雪女，任何人都會覺得是絕世美女吧！很好，我明白，本田！那種怪獸不應該存在！

「本田！我和你只是不擅長打網球的惡魔和沒了頭的半吊子吉祥物騎士！但是！」

『沒錯，我們搭檔就有機會獲勝！』

本田在紙板上寫字，回應我的想法！

「沒錯！我們一定辦得到！」

我穿上本田，再次站上戰場！熱死我啦——————！大概因為是夏天，穿上鎧甲好像地獄一樣熱！但是這點小事憑氣勢就能解決！

「社長，有頭了！有頭之後就沒什麼好怕的了！」

「是、是啊，說得也是……」

連社長也受到我發出的莫名震撼力所震懾。

「長出頭的龍騎士！讓人有點熱血沸騰！」

「不愧是一誠學長！穿上無頭騎士鎧甲真是太出乎意料了！」

「……不知道該說炫還是遜。」

潔諾薇亞和加斯帕看見我的模樣顯得興奮不已，小貓則是歪頭思索。

「就讓那隻冷凍大猩猩見識見識，長出頭的無頭騎士有多麼強大的力量吧——————！」

這天我們合而為一，一起奔馳在戰場上——

—○●○—

「是我們輸了。沒辦法，我就接受你們的訪問吧。」

安倍學姊百無聊賴地這麼說道。

我們贏了！穿上無頭騎士鎧甲的我的力量，在與對大猩猩的憤怒相輔相成之下，發揮超乎想像的威力。結果我們就在千鈞一髮之際取得勝利！但是——

「……本田，這拆不掉耶？」

我無法脫下鎧甲。我的手擅自動了起來，在紙板上寫字。

『抱歉。穿上在下會受到詛咒，暫時無法脫下。』

「怎麼會這樣！你騙我吧！原來你是受到詛咒的鎧甲！不會先說嗎！」

我忍不住放聲大叫。這時安倍學姊說道：

「這下子傷腦筋了。根據吉祥物的契約，在無頭騎士的頭康復以前，本田同學都得待在網球社才行。」

「那要我怎麼辦！」

「不然就請兵藤同學以目前的狀態，在網球社工作好了。這樣好嗎，莉雅絲同學？」

「好啊，只是在網球社幫忙的話就無所謂。反正有那身鎧甲，清芽同學也無法對一誠為所欲為，我可以放心。」

社長接受了安倍學姊的提議。不是吧社長！這樣太狠了！

「嗚呵……」

冷凍大猩猩對快要哭出來的我投以熱情的視線。咦……這是什麼反應……？

「克莉絲蒂真是的，她在剛才的比賽當中愛上穿了鎧甲的兵藤同學囉。」

安倍學姊說出如此令人難以置信的話！嗚喔喔喔喔喔！怎麼會有這種蠢事！我們的努

力換來勝利，也衍生出悲劇嗎！

「嗚呵呵！」

猩莉絲蒂靠近我，眼睛變成愛心型！我感覺事關自身安危，於是拔腿就跑！本田的心情似乎也和我一樣，跑起來健步如飛！

但是那隻大猩猩也以拳步發揮驚人的速度追上來！別鬧了！為什麼連腳程也那麼快，你這隻冷凍大猩猩————！

「不要啊啊啊啊啊啊啊啊啊啊！我不要怪獸大猩猩愛上我————！」

就是這樣，穿上無頭騎士本田的我，以網球社的吉祥物之姿，和猩莉絲蒂暫時共事一段時間。猩莉絲蒂的視線是那麼熱情，本田裡面又是這麼悶熱，簡直是地獄！在這段期間裡，社長也順利完成報告。太好了太好了。

對我而言，我在這個夏天體驗到什麼叫最差勁的職場……

Life.5 地獄教師阿撒塞勒

大家好。

學校剛進入暑假期間！大家都想好好享受這段長假吧。

原本應該是如此，然而我卻為了眼前的光景苦惱不已。

「一錢，抱抱。」

一個紅髮小蘿莉要我抱她。

「嗚嗚，抱抱……」

她身旁還有一個金髮小蘿莉快哭了。

眼前有一對長得很像社長和愛西亞的小蘿莉，但是最重要的社長和愛西亞卻不在！

我一早起床就發現她們不在，我的房間裡卻有兩個小蘿莉，真是傷腦筋……

話說這兩個小孩該不會是……正當我滿心懷疑時——

叩叩。

有人敲門。

「一誠、莉雅絲、愛西亞，天亮囉？」

走進我房間的是朱乃學姊。

「哎呀哎呀……好多小朋友。」

看見房間裡的景象，這是朱乃學姊脫口而出的感想。

「那、那個，朱乃學姊有什麼事嗎……」

兩個小蘿莉一下捏我的臉頰，一下亂抓我的頭髮。朱乃學姊托腮沉思了半晌，然後嫣然一笑：

「雖然是暑假期間，不過把所有社員都叫到這個家裡來吧。」

就是這樣，神祕學研究社決定緊急集合。

—○●○—

副社長朱乃學姊一聲令下，神祕學研究社的社員便集合到我家的客廳。

大家都一臉奇怪地盯著兩個小蘿莉。長得像愛西亞的小女生躲到我身後，長得像社長的小女生坐在我的腿上。她們好像很黏我。

「不過她們長得還真像社長和愛西亞。」

潔諾薇亞歪著頭，眼睛直盯著兩個小蘿莉。

「話說我覺得她們就是社長和愛西亞同學吧。」

木場如此說道。

「真的嗎，木場？她們兩個果然是社長和愛西亞嗎？」

「嗯。」

木場點點頭，說得很肯定。

我其實也稍微有這種感覺。她們怎麼看都是社長和愛西亞。不過她們為什麼會變成小蘿莉呢？而且看起來好像喪失記憶。只是她會叫我「一錢」，好像沒有完全失去記憶……

「……好像有變成小孩的術法。」

小貓好像想起什麼，喃喃開口。

「小貓，有那種術法啊？」

「是的，惡魔可以運用魔力改變自己的外貌。」

回答的是泡茶過來的朱乃學姊。她接著說明：

「你想一下，傳說當中的惡魔，有時是以老婆婆的模樣現身，有時又是以小孩子的模樣現身吧？這樣的記載都是真的，惡魔到達一定歲數之後，就可以隨自己的喜好改變容貌。即使是實際年齡已經到了中高齡的女性，外貌依然年輕，這在惡魔的世界是很稀鬆平常的事。

相反的，男性多半維持符合年齡的外貌。」

原來如此原來如此。有足夠的魔力就可以把容貌變年輕吧。

那麼社長和愛西亞用魔力把自己變成小蘿莉……到底有什麼打算？

「但是這樣應該不會失去記憶……」

朱乃學姊托著臉頰，一臉困惑。

「這大概是術法的反作用吧。」

阿撒塞勒老師一面喝著茶一面說道。

「反作用？」

聽到我的反問，老師點頭：

「沒錯，擁有高純度魔力的人如果使用不常用的術法，偶爾會發生嚴重的失誤。然後術法就會原原本本彈回自己身上。」

「那麼社長是施術失敗了嗎？可是她們好像連記憶都喪失了。」

「大概就是這樣吧。記憶或許是在術法的反作用之下變成幼兒時，暫時遭到封印。不過沒想到強如莉雅絲的惡魔也會失敗。大概是在展開術式的途中動了其他更強烈的念頭吧。無論如何，要讓她們復原的話，必須等上一段時間，或是有反轉咒語的能力者才行。」

社長施術失敗……到底發生什麼事了？

我看向坐在我腿上的迷你社長，她只是一臉懷疑地偏著頭：

「一錢的表情好奇怪——」

可是真的好可愛！社長小時候就長這樣吧？也難怪她的哥哥會溺愛她！

「嗚嗚，愛西亞也想坐……」

從我身後探頭的迷你愛西亞淚眼汪汪地看著坐在我腿上的迷你社長，好像很羨慕。啊啊啊啊，她也好可愛！該說是惹人憐愛嗎，會讓人不由得湧現保護欲！太奇怪了。我明明完全不控蘿莉啊……

難道這就是父愛？或者是哥哥的愛情嗎？無論如何，迷你社長和迷你愛西亞都是破壞力遠超過想像的小蘿莉！

「社、社長和愛西亞學姊……真是太可愛了……」

加斯帕戰戰兢兢地現身。

「喔，是加斯帕啊。你試著逗她們笑吧。」

我試著擺出學長的態度如此說道。加斯帕儘管嚇了一跳，還是不太甘願地點點頭。

他在自己的包包裡翻找了一陣子——然後拿出一個紙袋。我有不祥的預感……

戳！

加斯帕伸出食指和中指，在紙袋上戳洞——

套！

然後猛然把紙袋套到頭上！果然沒錯！

「妳們看——社長、愛西亞學姊。是紙袋喔——戴上這個就會勇氣百倍。」

紙袋開洞的地方露出閃耀紅光的眼睛，盯著兩個小蘿莉。

「嗚……」

「不要……」

迷你社長和迷你愛西亞抓住我，不住發抖！你看，我就知道！她們很害怕！怎麼可以變成「紙袋加斯帕」呢！

順道一提，所謂的「紙袋加斯帕」是我授予為對人恐懼症所苦的繭居吸血鬼的版本升級狀態。戴上紙袋他就可以作好準備，調整心態面對人們！

但是外貌會變成變態，成為帶給對方極大恐懼的怪物！我的說明到此結束！

「喂————！混帳！加斯帕————！」

我揍飛那個戴上紙袋的怪人！那當然！他在搞什麼！

「做、做做做、做什麼啦……！」

加斯帕大失所望地抗議。

「什麼做什麼！你幹嘛變身紙袋版本靠近社長和愛西亞啊！她們會嚇到啦！你這樣真的

很恐怖！」

「怎、怎麼這樣……我只是想告訴她們戴上紙袋就會湧現勇氣啊～」

「最好是啦！從旁看來你根本是逼近小女孩的變態！可惡！我怎麼會笨到拜託你！」

「嗚嗚……好可怕～」

「莉雅絲不怕！莉雅絲才不會哭！」

愛西亞渾身發抖，社長儘管嘴巴逞強，手倒是緊緊抓著我不放。好可愛啊，怎麼會這麼可愛！

「喔——好乖好乖。沒事沒事，我把加斯帕趕跑囉——」

我摸摸她們兩個的頭，安撫她們。

「嗚，學長好過分。我要躲起來了——！」

加斯帕那個傢伙不知道從哪裡拿出一個大紙箱，鑽進去裡面了。

「紙箱吸血鬼」，這是加斯帕的待機狀態。患有對人恐懼症，心靈純潔的女裝少年，一遇到什麼挫折就會逃進自己帶來的紙箱裡，封閉在自己的世界！大家千萬不可以模仿喔！小心被當成貨物送出去！

「不過社長和愛西亞好可愛。乾脆讓她們維持這樣，由我和一誠養育她們也不錯。」

朱乃學姊開心地如此說道。

「我和朱乃學姊嗎？」

「是啊，一誠是爸爸，我是媽媽。所以我們就是夫妻了。」

「夫妻！」

聽見這個關鍵字，我在腦中描繪某種場景。

『我回來了。』

下班回家的我。

『哎呀哎呀，你回來啦，親愛的。』

玄關出現身穿圍裙的朱乃學姊！

『爸爸回來了！』

『爸爸，陪我玩！』

迎接我的是迷你社長和迷你愛西亞。我的兩個女兒。

『哎呀哎呀，爸爸上班很累，妳們不可以太任性喔。』

『不管——！我要跟爸爸玩！』

『愛西亞有乖乖等爸爸回來！』

『沒關係的，朱乃。女兒們，我們一起玩吧。哈哈哈哈。』

『真是的，你老是那麼寵她們。』

…………

讚。太讚了。令人嚮往。這種生活也很不錯！

「……一誠學長的眼神充滿色心，口水流下來了……看來心思好像飄到遙遠的世界。」

「哈哈哈哈，他一定是在腦中過活了吧。一誠同學偶爾會從現實世界跑到別的地方。」

小貓和木場這麼表示。啊——雖然很短暫，但是我看見幸福的妄想。

就在我們無謂地浪費時間時，阿撒塞勒老師起身說道：

「總之，我會幫你們找一下解除方法。你們自己也找找看。再怎麼說，這樣下去你們也很不方便吧？查到什麼就彼此聯絡一下。暫時解散。」

「收到。」

老師一聲令下，除了我以外的社員全都同意。

哎呀？已經要解散了？明明沒有找到什麼解決的方法耶？

「我嘗試從莉雅絲的魔力留下來的痕跡加以解讀好了。我去她施術的地方，一誠的房間調查一下。」

朱乃學姊如此說完，便前往我的房間。

「那麼我和小貓從別的方面調查吧。」

「是。」

木場和小貓也離開客廳！

「嗯。魔力方面的東西我完全不懂。那麼我來鍛鍊加斯帕好了。喂，吸血鬼，從紙箱裡出來。不然我砍你喔。」

「噫————！潔諾薇亞學姊都欺負我————！」

潔諾薇亞扛著發出慘叫的紙箱走出客廳。

「所以她們兩個暫時交給你了，一誠。」

老師也走了！客廳裡只剩下我和兩個小蘿莉。

「…………要、要我照顧啊。」

「一錢，陪我玩。」

「……抱抱～」

我抱著她們兩個，不知該去哪裡。

—○●○—

「貓！」

「好可愛。」

「對啊，好可愛喔。」

我牽著她們的手，一同外出。一有什麼東西來到眼前，她們兩個的注意力就會被吸引，拉著我的手到處亂跑。

之所以會像這樣跑到外面，是因為她們一直吵著「想去外面！」……

但是社長和愛西亞變小的原因至今仍然不明……她們兩個到底是想幹什麼……

原則上，我們外出的目的地是附近的便利商店。因為我覺得買冰給她們吃，她們應該就會滿足了吧。

不過即使社長是高貴的大姊姊，變小之後也只是普通的小蘿莉。文靜的愛西亞變小之後也變得比較愛撒嬌又有點任性。

反正很可愛所以ＯＫ！只是……這樣讓我覺得生兒育女好像很辛苦。

「啊！是一誠！」

不知從哪傳來熟悉的聲音。我轉頭望去，看見和我同班的損友，松田和元濱。

現在是暑假，所以他們大概是一大早打算來我家玩吧？不過怎麼會碰上這兩個煩人的傢伙呢……

「你在幹嘛啊——等等，小孩！」

「喂喂，那兩個蘿莉是怎麼回事？」

兩人看見社長和愛西亞都嚇了一跳。這也不能怪他們。

「難、難道是一誠的小孩！」

「從髮色來看，是和莉雅絲學姊還有愛西亞生的……？」

還莫名其妙推測起來！沒頭沒腦的說是我的小孩！

「我怎麼可能有小孩！」

連做人的程序都沒體驗過，不准說我有小孩！我原本想接著說下去，但是看看兩位損友，便沒說出口。我還想讓他們多妒嫉一下和美少女住在一個屋簷下的我！

儘管我稍微辯解，然而他們完全不理會，繼續亂猜。

「看起來大概三、四歲……一誠現在是十七吧？勉……勉強生得出來？」

「真的假的！這、這個傢伙，居然假裝沒有經驗，然後暗中嘲笑我們嗎……？」

松田和元濱瞪著我，臉上的表情兇惡到難以言喻。

「等、等一下！你們在計算什麼！在想像什麼！」

「緊急動員！是我！發生『D狀況』！是『D狀況』！」

松田拿出手機不知道在聯絡誰！你、你在跟誰聯絡？「D狀況」又是什麼？

喀嚓！

元濱用手機拍下迷你社長和迷你愛西亞！喂——————！拍什麼拍啊！

「松田！證據確鑿！我們前往『一誠撲滅委員會』的開會地點吧！」

「很好！一誠！等到會議結束你就完了！我們隨時都在詛咒你遭逢不幸！」

我的兩個損友快步離開現場！於是我開口想叫住他們！

「喂！又是撲滅委員會又是詛咒我不幸是怎麼回事！等等！你們想丟下自己的好友跑去哪裡啊！」

「去死！」

然而遠方只傳來一句無情的話語。

—○●○—

……我好像有點累了。去過便利商店回來之後，待在客廳裡垂頭喪氣。

「好冰喔。」

「好吃。」

迷你社長和迷你愛西亞津津有味地吃冰。不過這下問題大了。感覺暑假結束之後又會出現什麼奇怪的謠言，太可怕了！

正當我抱頭苦惱之時，阿撒塞勒老師現身了。

「查到解除方法了。」

老師穿著像是探險隊會穿的服裝，交給我一把像是西洋劍的東西和鐵盾。

啥？這是什麼？

「我們要去收集蘊藏魔力的材料。然後再使用術法調配，就可以作出解除孩童化的藥。就是這麼回事，一誠，我們走！」

阿撒塞勒老師隨手一指，看起來很開心。

「啥？走什麼？走去哪裡？」

正當我滿心疑問時，同樣已經回來的木場為我說明：

「我們查到讓社長和愛西亞同學復原的方法了。首先根據留在你房間的魔力痕跡，我們知道她們所使用的術式，目前正在加以反推，解讀出解除術式。而且還有老師拿來的資料，這個部分有朱乃學姊或是我就可以了。只是時間早晚的問題。」

喔——原來如此。快搞清楚社長她們使用了什麼術法吧。

接著老師補充說明：

「雖然只要有解除術式就夠了，不過我們決定同時製造解除術法的藥。藥的部分需要材料，所以就由我和你去收集。」

「要去哪裡收集材料？」

「世界各國。朱乃，妳也來吧。有我和妳在應該足以協助一誠吧。」

聽到老師叫她的名字，朱乃學姊挑起眉毛，顯得不太開心。朱乃學姊和阿撒塞勒老師的交情不是很好。她好像不太喜歡老師。

「……要聽你的話我實在不太高興，不過這也是為了社長、愛西亞，還有一誠。我就陪你們去吧。」

如此說道的朱乃學姊挽住我的手表示接受。喔喔，我的手碰到胸部了！

「老師，我呢？」

潔諾薇亞拖著加斯帕發問。加斯帕……你接受了不少鍛鍊吧。

「你就鍛鍊加斯帕吧。」

「收到。走吧，加斯帕。接下來練習閃躲聖劍杜蘭朵的波動。」

「噫——————！這次真的會變成獵殺吸血鬼——————！」

拖著臉色蒼白的加斯帕，潔諾薇亞離開客廳。潔諾薇亞好像很開心的樣子。加斯帕，你可要變強喔。

「一錢，你要去哪裡——？」

「……不要丟下我——」

社長和愛西亞拉著我的褲管下襬。哎呀呀，這下該怎麼辦。

「好吧，帶她們去。反正我也在場，應該不會遇到太危險的狀況吧。」

的確，只要有無敵的總督大人，我們的人身安全是可以得到保障……

就是這樣，我們透過墮天使特製的超長距離移動式魔法陣，開始收集材料。

雖然開始了……

「咆喔——————————————————！」

極度危險的咆哮衝擊我！

在某國的深山裡，我拿著劍和盾面對巨大的怪物！

敵人是叫什麼彌諾陶洛斯的牛頭人身魔物！身高有四、五公尺，大得誇張！兩手粗壯，胸膛厚實！頭明明是牛，牙齒卻是尖銳的獠牙？牠吃的肯定不是草！絕對是肉食性的牛！

只有我一個人遭逢危險————！

呼————！

震盪空氣的悶響！彌諾陶洛斯手拿一把比我還大的戰斧！牠剛才拿起來揮舞！會死！被

那種東西砍中一下，上半身就會跟下半身永別了！

老師說第一種材料就是彌諾陶洛斯的肝臟！不過現在看起來我的肝臟比較有危險！

「快啊，一誠，再加把勁——」

後方傳來的聲音屬於正在準備吃火鍋的墮天使總督大人！

「老師！我會死！我哪有辦法對付這種對手！」

我放聲求救！那還用說！拿一把這樣的劍怎麼打得贏這種怪物牛————！

「你在說什麼。貫徹你對莉雅絲和愛西亞的愛吧～我在這裡看顧著你喔。」

總督大人一邊開口，一邊試火鍋高湯的味道！你在幹什麼！連桌子和瓦斯爐都有！

「阿撒塞勒老師，材料都切好了。」

「喔喔，朱乃，辛苦妳了。再來只等那個笨蛋打倒那頭牛啦。反正需要的只有肝臟，剩下的部分就由我們一起吃吧。」

「我沒吃過彌諾陶洛斯的肉呢。」

「這裡的彌諾陶洛斯可是極品，一吃就會上癮。我覺得吃起來很像野生的松阪牛。來，莉雅絲、愛西亞，妳們的盤子。」

「肉——」

「牛先生。」

「喂————————！我在這邊賭命戰鬥時，你們在旁邊展開什麼溫馨劇場啊！我都快被你說的野生松阪牛宰了！」

我驚險閃過彌諾陶洛斯的攻擊，陷入九死一生的絕境！

「莉雅絲、愛西亞，三河屋馬上就會送牛先生過來囉。很棒吧～」

「老師！你說的三河屋快死了！快要被牛先生殺了！這隻牛先生太強啦！我在送肉過去之前就會死！」

嗚哇！牠由上往下揮了一斧，在地面挖出一個洞！這種攻擊我連一下也擋不住！

「稍微幫我一下吧！你在叫什麼『墮天使的總督』的作品裡面的定位，不是類似最終頭目嗎！」

「是啊。我很強喔。以ＲＰＧ來說算是破關後的隱藏頭目等級。有這麼強的人和你們站在同一陣線，算你們運氣好。」

「既然如此就幫幫我！讓我一個人跟魔物戰鬥會死的！」

「這樣很無聊耶～要是我從手上發射光線打倒魔物，整個場面只要幾行就結束囉？」

阿撒塞勒的手上發出光芒。

牛死了。

得到道具。

「你看，幾行就結束了。很無聊吧。」

「無聊就無聊！比我強上幾億倍的總督大人！請大發慈悲————！」

正當我們如此應對時，遠方傳來地鳴聲！

我轉頭看去——一群彌諾陶洛斯蜂擁而至！

呀啊————！野生松阪牛隨便抓————！牠們是察覺到同伴正在戰鬥，跑來幫牠的嗎？這次真的會死！我要被牛先生吃掉了！

「哎呀哎呀，來了一大群呢。」

朱乃學姊一臉很傷腦筋的樣子！至於她身旁的老師則是露出嫌麻煩的表情：

「嘖，煩死了。」

老師朝那群魔物伸出手指——

嗶！

手指發射光線——

轟————————————！

光線引發超級巨大的爆炸，那群彌諾陶洛斯和周遭的風景隨之灰飛煙滅！

簡直超乎常理！這個攻擊力真的是最終頭目級！

「哼。礙事的傢伙消失了，一誠。你好好打吧。」

老師用力豎起拇指！不對吧！事情不是這樣吧！有那麼多隻的話，肝臟也是要多少有多少！結果你讓牠們全部化為灰燼了！還真的只花了幾行就解決了！

「你好歹射一發剛才那種光線過來好嗎！這樣戰鬥就結束了！話說剛才那一群裡，好像有怎麼看都比我現在對付的這隻還大的吧！」

「我叫你打你就打。不過你儘管放心，若是還有其他對手，即使是魔王我也會解決。」

「你別鬧了，最終頭目老師————！」

不知道該說我的運氣好還是不好，剛才的攻擊讓彌諾陶洛斯顯得很害怕！我可以理解！很可怕吧！敵人當中有個最終頭目等級的傢伙，簡直可怕到不行吧！

但是我將同情收在心裡，抓緊這個機會砍過去！

—○●○—

好不容易得到彌諾陶洛斯的肝臟，我來到別的國家。

眼前是身穿單薄衣服的朱乃學姊！

「這樣可以嗎？」

充滿魅力的胴體刺激著我身上的各種地方！啊，朱乃學姊的胸部果然很大！衣縫之間露出白皙的大腿！美麗的腿部曲線太棒了！

「很好，獨角獸只有面對清純的處女才會卸下心防。」

正如老師的說明，接著我們來到這裡取得獨角獸的角。地點是在森林裡。我們身在清澈的泉水前方。聽說獨角獸只會出現在清淨又純潔的少女身邊。

因此朱乃學姊雀屏中選，我們則是在後方的陰暗處屏息等待獨角獸出現。那身單薄的衣服好像是為了抑制惡魔的魔力。因為老師表示獨角獸可能不會接近女性惡魔，以防萬一所做的準備。

朱乃學姊站在泉水前方，我們在暗處看著她。社長和愛西亞都乖乖坐在我的大腿上。

嗯，好乖好乖。

老師壓低聲音說道：

「哎呀——這種話由我來說雖然很怪，不過朱乃的身材真是相當惹火啊。」

老師仔細打量朱乃學姊，然後平淡地說出感想。那與其說是充滿色心的眼神，更像是家人為女兒或妹妹的成長而高興的視線。

「我也這麼認為。她的體型為什麼會那麼性感呢？」

「因為朱乃繼承墮天使的血統。女性墮天使多半都很惹火。」

「真的嗎！」

的確，之前見過的墮天使小姐好像也是如此！

「是啊，因為誘惑其他種族的男人也是她們的工作之一。因此體型總是容易變成受男人喜歡的狀態。但是即使和她們相比，朱乃也有頂級水準。如果能得到她，你一定要把握啊。」

「那、那當然，能得到她的話，我也會好好把握……」

「很好很好。我好歹也是負責看顧她的人，聽你這麼說我就放心了。」

老師不知為何兀自點頭。他在想什麼……

「嗯？是、是這樣啊……」

「一錢，色狼臉——」

「色狼——」

兩個小蘿莉捏著我的臉頰，看起來好像在生氣。她們到底怎麼了……

「嗚嗚，不要捏我~~」

「看來你是前途多舛啊——等等，出現了。」

我轉頭看去，泉水附近出現一匹白馬！還真的有長角。

「自古以來，獨角獸的角就被視為能夠治百病的珍貴藥材。對於解除術法也有效果。所以我們要借用一下。」

「這樣沒問題嗎？角還會再長出來嗎？」

「只要在角的根部塗上特製的藥就會再長出來，不成問題。」

很好，照護方面也很完美。

獨角獸逐漸靠近朱乃學姊。朱乃學姊伸手撫摸，就在這個瞬間——

「喝！」

咚！

朱乃學姊的手刀一閃，打在獨角獸的脖子！遭受出其不意的攻擊，獨角獸當場倒地。

看見獨角獸倒下，我們從暗處走出去，取下牠的角。

抱歉了，獨角獸。

別看朱乃學姊這樣，她可是個了不起的惡魔。

不過牛之後是馬啊。搞不好下一個獵物會是豬。

這時的我——真是有欠思慮。

最後一樣材料……糟糕透了！

轟嘩————————————————————！

我的眼前有隻全長十五公尺以上的怪獸正在咆哮。那隻大展雙翼，渾身赭紅色鱗片的巨大魔物——是龍！

「這傢伙叫朱炎龍（Flame Dragon），是掌管火焰的龍。最後一樣材料就是只有長在牠背上的特殊鱗片。」

老師冷靜地說明！

不可能啦！不可能打得贏的！怎麼看都是怪獸！嗚哇啊啊啊啊啊！成年的龍這麼大啊！小隻的龍我有看過！愛西亞的使魔就是隻迷你龍，小小的，還可以抱抱牠。而這個傢伙怎麼看都不是可以抱起來的大小！

這種劍對那個傢伙而言，連牙籤都稱不上！

「老、老師……再怎麼說，這也太……」

我不由得發抖，但是老師堅定地說道：

「寄宿在你身上的龍遠比這個傢伙強多了。自己想辦法解決。」

我身上寄宿著傳說中的龍——赤龍帝的力量。的確是這樣沒錯！但是我還沒有辦法充分運用那股力量，沒辦法對付這個傢伙！

轟————————————！

龍從牠的大嘴噴出大質量的火焰！

「嗚哇————————————！」

我只能哭著四處逃竄！直接被那種火焰燒到一下，可是會變成黑炭的！

好燙！真的好燙！話說回來，為什麼我今天總是面臨這種生死關頭！

「喂，老師！仔細想想，老師和朱乃學姊今天不是為了協助我才跟來的嗎！」

在出來周遊列國之前，老師確實說過！可是到目前為止都沒有給我任何協助！

「剛才你看過朱乃惹火的模樣了吧？」

「是的！」

當然，我已經儲存在腦中了！

「所以我們的工作已經結束了。」

「真的假的————————————！」

聽見這個過於離譜的回答，我的眼珠差點沒掉出來！真的嗎！那樣就結束了！我是看得很高興，是很養眼沒錯！

「老師，再怎麼說這樣都太過分了。」

朱乃學姊替我打抱不平！啊，不愧是朱乃學姊！好溫柔！

「沒問題的。難道妳不想看一誠帥氣的一面嗎？」

「…………我、我是很想看沒錯。」

咦？朱乃學姊，那麼一句話就說動妳了嗎！

我在驚愕之餘，仍然不斷閃躲龍的甩尾攻擊和火焰吐息！但是閃躲也很費力！我氣喘吁吁，上氣不接下氣！

「老師！我會死！我的體力撐不了多久————！」

大概是察覺到我有多拚命，老師說聲「知道了。」終於點頭！

「沒辦法！出來吧————！」

阿撒塞勒老師彈響手指，地上便展開巨大的魔法陣。

隨著黑色的波動，一個巨大的物體就此現身！

「這是什麼啊————！」

喀嚓————！

從魔法陣當中出現的，是和巨大龍差不多大的——人型超級機器人！

等等，機器人————！這個世界觀也飛躍得太快了！

「從哪裡冒出來的！宇宙嗎！」

「當然是從駒王學園的游泳池底下的地底祕密基地啊！這是傳統吧！」

老師邊眨眼邊說！

「請不要擅自改造我們的學校！」

居然在我們游過的游泳池底下製作這種東西！暗中統治學校的社長知道一定很生氣！

「這是我運用墮天使的科學技術製造的惡魔助手機器人！名為魔王鐵金剛！是瑟傑克斯拜託我做的！動力是飄散在世界各地的人類的憎惡！憎惡這種東西會從全世界不斷湧現，相當環保！」

不知何時坐到機器人肩上的老師如此說明。

「魔、魔王鐵金剛————！這很顯然是跑錯棚了！根本就不應該在這個故事裡出現！話說憎惡能源是哪招！太邪惡了吧！這怎麼想都是壞蛋用的武器吧！為什麼瑟傑克斯陛下會訂做這種東西！而且還是找這個邪惡的總督大人！」

「別在意那種小事。重要的是氣勢和衝勁。上吧，魔王鐵金剛！吸收人們的憎惡！你是這個黑暗時代孕育出來的武器傑作！」

魔王鐵金剛伸手對準那隻龍。你的點子果然太邪惡了，老師！

「接招吧，金剛飛拳——！」

老師如此大叫——

轟————————！

鐵金剛的手噴出火，朝前方發射！還真的是金剛飛拳！

轟————————…………

猛然發射的金剛飛拳被那隻龍輕鬆躲過，消失在天空的盡頭。

…………

咦？這樣就結束了嗎？還有——

「老師。不、不好意思，冒昧請教一下……」

「怎麼了？」

「金、金剛飛拳飛出去之後不會飛回來嗎？」

聽到我的問題，老師閉上眼睛：

「…………憎惡就這麼煙消雲散。」

然後帶著爽朗的笑容如此回答！

「那是什麼莫名其妙的台詞！話說金剛飛拳用過就沒了？一點也不環保————！」

不知飛向何方的金剛飛拳！八成會命中哪個國家的某個地方吧？啊啊啊啊啊，陌生土地的人們！突然射了一個巨大的拳頭過去，真是非常抱歉！

「真是悲哀。畢竟機器人只不過是武器……瑟傑克斯，你聽到了嗎？我們還得讓邪惡弄髒自己的手多少次，才能從這種生活方式當中解脫呢……？」

「不要以為露出充滿哀傷的表情說出那種有點感傷的台詞就可以矇混過去——！我順便問一下，那架魔王鐵金剛和老師哪邊比較強？」

「當然是我啊！」

老師自信滿滿地指著自己！

「那就不要做！根本是浪費資源！你發射光束還比較強吧！」

「就算是我也有發不出光束的日子。」

「你剛才不就『嗶——』發出來了嗎！」

「閉嘴！」

在老師和我爭論不休之際，那隻龍發出「嘎喔————！」的吼聲襲向我們！

嗶——！

憤怒的老師從手中發射光線！

轟————……

只靠一招就讓大怪獸等級的龍當場倒地！你看！我就說不需要我上場嘛！不需要魔王鐵金剛上場嘛！

「哼。區區一隻流浪龍怎麼可能動得了我。」

老師的最終頭目發言讓我為之語塞。

就是這樣，在我們——不，是在老師的活躍之下，材料收集齊全。

明明只需要老師一個人就夠了，為什麼我要搞得這麼灰頭土臉……？

—○●○—

我好不容易回到家裡。

我們外出收集材料。而我……身心都疲憊不堪。

今天一整天，我到底在鬼門關前走過幾遭……？

聽其他人表示，社長和愛西亞好像是在我的房間裡進行某種儀式，然後失敗才會變成小蘿莉。

現在為了進行相反的儀式，我們得在她們發動術法的地方執行術式。

我讓社長和愛西亞坐在解除魔法陣的中央，並且把剛才收集回來的材料烤乾搗碎磨成粉煎成藥，餵她們喝下。

「好苦喔～～」

「嗚～～」

兩人含著淚水，勉強喝下解除藥。

「那麼接下來就由我展開術法，讓她們兩個復原。」

朱乃學姊將魔力輸入魔法陣，魔法陣便開始發光。

喔喔，這樣社長和愛西亞就會復原了啊。感覺一路走來十分漫長……

鬆了口氣的我在一旁看著。這時老師對我說聲：

「吶，一誠。」

「是？」

「如果因為藥和解除法的某些因素，她們兩個只有一個可以復原，你會怎麼辦？」

這是老師的問題。我不假思索，立刻回答：

「使用赤龍帝的手甲(boosted gear)，將效力倍增為兩人份！」

聽見我的回答，老師笑了：

「哈哈哈哈！你想也不想就這麼回答啊！好答案！是啊，說得也是。你的確辦得到。傳說中的龍就是要兩個一起救。」

「？」

我滿心疑問。不過我說無論如何都會兩個一起救是真心話。

這時魔法陣的光芒變得更亮，把社長和愛西亞都籠罩其中——就在同一時間。

「噫————！一誠學長！救救我————！我會被潔諾薇亞學姊殺掉————！」

加斯帕突然闖進房間裡。看來他好像是被潔諾薇亞追得四處逃竄——

「唔！不准逃！我只是要叫你喝下這杯加了一堆蒜頭的營養飲料而已！」

潔諾薇亞也追著加斯帕衝進來，手上還拿著一杯顏色很詭異的飲料。

——等等！加斯帕朝我這邊跑來了！

「一誠學長救我————！」

會、會撞上——

咚！

追著加斯帕過來的潔諾薇亞一記衝撞，把我撞向魔法陣！

錚！

魔法陣光芒大作，瞬間閃爍！

接著社長和愛西亞恢復為原來的模樣，出現在魔法陣中央。

「好像復原了。」

「啊嗚～～終於復原了～～」

太好了！兩個都變回原來的樣子！社長的胸部還是那麼大，愛西亞也是那麼可愛！

「話說妳們怎麼會搞成這樣？」

老師如此詢問她們。社長和愛西亞害羞地互看一眼，然後開口：

「……我和愛西亞一直對一誠小時候的模樣很感興趣。然後我發現有種術法可以讓施術對象暫時變小……」

「嘗試之後造成反作用是吧。真是的。」

老師有點受不了地嘆氣。社長和愛西亞都露出有點不好意思的表情。

等等，所以她們本來是打算把我變成小孩子啊。啊——這麼說來她們在看我以前的相簿時，兩個人都相當興奮，所以才會想這麼做吧。

「非常抱歉。」

「真是不好意思。」

兩人對著我們低頭道歉。

「沒關係啦。妳們能夠恢復原狀真是太好了。」

我以笑容回應她們。

「一誠……我還記得變小時的事喔。」

「是啊。一誠先生對我們非常好。」

「為了我們搞得自己遍體鱗傷……」

「我好高興……」

哎呀呀，她們兩個怎麼用那種水汪汪的眼神看著我？這樣反而讓我很害羞。
咦？總覺得社長和愛西亞好像變大了？
這麼說來周遭的景物似乎也跟著變大了……大家原本就長得這麼高嗎？
正當我不知如何反應時，老師帶著笑容對我說道：
「這次是你啊。哈哈哈哈，有夠小的！」
「耶？」
我有點搞不清楚狀況。好奇的我看向自己的手和其他地方——好小！
我照了一下房間裡的鏡子，鏡子裡是正太版的我————！
「這是怎麼樣————！」
老師笑著對放聲慘叫的我說道：
「看來是你剛才被撞進魔法陣裡時，術法莫名發動了吧。」
「咦咦咦咦咦咦咦咦咦咦咦咦咦咦咦！這次是我嗎！可是我的記憶還在耶！」
「大概是術法只在你身上產生完整作用吧。恭喜妳們啦，莉雅絲、愛西亞。」
聽到老師的說法，所有社員都露出開心的表情！
「呀啊——！一誠！這樣果然很可愛！」
社長把我抱過去，緊緊摟住！「呀啊——！」什麼啊，我又不是布偶！

「社、社長！也讓我抱一下！」

「哎呀哎呀，那我排愛西亞後面吧。」

愛西亞和朱乃學姊好像也很心動？眼睛閃閃發亮！

「一誠，我也覺得你這樣很可愛。」

「我、我也這麼認為！」

撞到我的罪魁禍首，潔諾薇亞和加斯帕也舉起手來若無其事地開口！給我道歉！全心向我道歉！變得這麼小，要怎麼出去見人！要怎麼向老爸老媽解釋才好！這下問題大了！

「你暫時維持這個模樣吧。莉雅絲和愛西亞和朱乃看起來都很高興，不會造成任何人的不幸。」

老師隨口說出很過分的話！我覺得我會很不幸！

「等一下！那種藥呢！」

「已經沒了。」

老師帶著不懷好意的笑容回答！怎麼這樣！太無情了吧！

「老師！請幫我拿材料回來！憑你的力量立刻就能解決了吧！」

「不要。今天我已經玩夠了。你就暫時忍耐一下吧。我回去囉。」

老師真的很過分！他今天一定只是為了自己要找樂子才行動的，肯定沒錯！我今天的運勢真是糟糕透頂！

「那麼我也差不多該回去了。」

「……我也要回家做自由研究的作業。」

木場和小貓也要回家了？這是怎樣！已經變成我的不幸故事了吧！

「等一下，我不要！誰來救救我啊————！」

我們的暑假才剛開始。可是我卻有種只有自己遭逢不幸的感覺，好可怕！

Life.6　３００ three hundred 一誠

我現在身在神祕的圓筒型太空艙裝置之中！

「哈哈哈，你來得真是時候，一誠。」

這個露出爽朗笑容啟動實驗裝置的人，是阿撒塞勒老師！

我端茶走進老師的實驗室，結果他說聲「喔喔，剛好。」就把我推進裡面！莫名其妙！

咚咚！

我在裡面敲打，但是太空艙文風不動！

「你想幹什麼啊，老師！」

「沒什麼，只是稍微想試點東西，卻苦於沒有實驗材料。這時你正好端茶過來給我，所以忍不住……」

「什麼『忍不住』啊！你忍不住就會把學生丟進不明實驗機器裡面嗎！」

「實驗總是伴隨犧牲。」

「咦！我已經注定要犧牲了嗎！不要，放我出去！不要啊————！」

嘰——

我開口求救，但是裝置順利運轉！隔壁還有一個同樣的太空艙！但是裡面什麼也沒有。只有我一個人被關在太空艙裡嗎！

「話說這是什麼實驗啊！」

我的疑問讓老師轉過頭來，正打算開口時——

錚！轟————！

光芒瞬間閃爍，發生了爆炸。

「咳！咳！」

……嗚嗚，好濃的煙。不知不覺間，我已經離開那個裝置。

仔細一看，原本關著我的太空艙已經壞了。是因為實驗失敗而爆炸嗎？

在爆炸的影響之下，房間變得一團亂。各種東西散落一地，有些還壞了。

我環視室內，找不到老師。是因為實驗失敗，所以膩了跑到別的地方吧。

真想跟他抱怨一下。看到學生就抓來實驗，算什麼老師！不愧是墮天使的頭目。想法真是太邪惡了。

「阿撒塞勒老師真是的，實驗做完就丟著不管是吧。」

我一邊唸唸有詞，一邊離開老師的研究室。

這裡是駒王學園的舊校舍。

在我前往社辦的途中——

「呀啊！」

是女生的叫聲！這是愛西亞的聲音！

我前往尖叫傳來的地方，看見愛西亞——的裸體！

噗！

鼻血猛然噴出。嗯嗯！和我們剛見面時相比，妳果然在各方面都成長許多了，愛西亞！哥哥好感動！

「太、太過分了，一誠先生。怎麼突然把我的衣服粉碎了……」

愛西亞眼角帶著淚水向我抗議。

咦……？愛西亞說出我完全沒有印象的事。我的確是有招只能對女生使用的洋服崩壞(dress break)，可以讓觸碰對象的衣物爆開沒錯。

但是我不可能對愛西亞用那招，更不記得自己剛才有用過。

「混帳，慢著，一誠！」

這次是潔諾薇亞的聲音，她好像在追趕什麼人。

正當我在觀察發生什麼事時——就看見我從走廊轉角走過來！等等，為什麼我會出現在我面前！

那個長像和我一模一樣的傢伙一臉好色，流著鼻血從我和愛西亞身邊經過之後，不知道跑到哪裡去了。

潔諾薇亞也在他之後現身——等等，潔諾薇亞也是裸體！

而且手上還握著自己的兵器。

她左右張望，看見我之後便搖晃胸部一口氣朝我逼近——而且手上依然握著聖劍！

惡魔被聖劍砍中的話會死！

「——把我扒光卻什麼也不做是什麼意思！」

妳是為了這種理由生氣嗎！還是一樣讓人捉摸不著的潔諾薇亞向我襲來！

「到此為止，你們兩個。」

突然出現的聲音讓潔諾薇亞停手，聖劍也在我身前停住。

我轉過頭去，看見朱乃學姊站在那裡，還有阿撒塞勒老師——而且拖著一個長得和我一模一樣的傢伙？

「學校裡到處都是一誠。」

神祕學研究社緊急會議。社長扶著額頭一面嘆氣一面開口。

所有社員都站在窗邊，拿著望遠鏡觀察新校舍等處的狀況。

——好、好多我！

周圍到處都是我，追著放學後留在學校的女同學，對她們施展洋服崩壞（dress break）！害我忍不住一直透過望遠鏡偷看女生的裸體！

「大量的一誠到處把學校的女學生變成裸體。」

社長待在我的身旁，一臉傷腦筋的樣子。

小貓用力一捏，手上的望遠鏡應聲碎裂，身上散發震撼力！

「……我在前來這裡的路上也碰到了。雖然搞不清楚狀況，還是先把他揍飛了。」

噫——————！好可怕！小貓大人生氣了！可是我不記得做過那種事啊！話說出現那麼多我是怎麼回事！

「剛才捉到的這個，該怎麼處置？」

朱乃學姊望向社辦的角落。

視線的前方是個籠子，裡面關著山寨版的我！

「這個一誠就是害得愛西亞和潔諾薇亞裸體的那個。」

朱乃學姊正打算觸摸籠子裡的山寨版——

「讓我看胸部！胸部！」

那個傢伙一邊吵鬧，一邊帶著好色的表情打算襲擊朱乃學姊！

喔喔，真是太兇暴了！

「你們可要小心一點。尤其是女生。看來一誠的分身性慾比本尊還要強烈。」

阿撒塞勒老師如此說道。

「所、所以，脫光我們的衣服的是這個一誠先生？」

「原來如此，他的表情看起來好像比平常的一誠更下流一點。」

換上新制服的愛西亞和潔諾薇亞興致勃勃地看著我的分身。她們知道不是我做的就好，能夠解開誤會我也很開心。我把愛西亞當成妹妹一樣疼愛，潔諾薇亞的尺度又那麼難懂，再怎麼樣我也不可能對她們兩個使用洋服崩壞（dress break）。

好、好吧，我曾經失手粉碎過愛西亞的衣服沒錯。

「喂，阿撒塞勒。你到底想做什麼實驗？」

社長如此詢問阿撒塞勒老師。

「哎呀——我做了Doppelgänger的實驗，結果器材失控，導致實驗體一誠暴增。不過我立刻製造籠罩學園的結界，所以一誠的Doppelgänger應該沒有逃到外面才對。損害已經控制在最小了。」

坐在沙發上的阿撒塞勒老師如此表示！

「咦——！原來那是這種實驗！話說Doppelgänger是什麼？」

朱乃學姊回答我的疑問：

「所謂的Doppelgänger，意思是『靈魂的複製』，是一種目睹自己的分身出現在自己眼前的現象。」

所以說那個傢伙是我的分身？那個實驗複製出好幾個我？

「哈哈哈，一誠進來我房間的時機那麼剛好，害我忍不住……原本可以分身出一個就夠了，但是我不小心操作失誤。結果就是大量製造只有性慾方面強化的一誠分身。哈哈哈哈！真傷腦筋！」

老師豪邁地笑了！這、這個人一點也沒有反省的意思！

「這可是你『忍不住』做出的行為導致的現象耶！」

「所以你說一誠的分身暴增，是多出了幾個？」

社長伸手扶著額頭，嘆氣詢問老師。

「大概三百個吧。」

「三百個！」

老師這番話讓在場的所有人都嚇了一跳！那當然！冒出三百個我當然會嚇到！

「竟有此事……阿撒塞勒老師！你知不知道自己闖了什麼禍！你打算讓這所學園陷入黑暗之中嗎？一誠同學可不是普通的變態啊！」

木場難得如此暴怒。嗯，我覺得他剛才說的話嚴重冒犯到我。

「……大色狼大量增生，簡直是惡夢。」

小貓也氣得渾身顫抖！我感覺到她對我發出殺意！咦！是我的錯嗎？

「噫────！居然有三百個一誠學長，我、我、我、我也會被脫光────！」

加斯帕也在紙箱裡尖叫！你別鬧了！再怎麼樣我也不會把男人脫光！

「雖然我也很想要一個，但是我可不要只有好色的一誠。果然還是本尊最好。」

朱乃學姊摟著我如此說道！我感覺到巨乳抵在我身上的觸感────！

不愧是朱乃學姊！果然很懂！

「是啊。總之我們得設法解決。」

社長一邊擰我的臉頰一邊開口。好痛喔，大姊姊……

木場拿著手機不知道和誰聯絡之後，對我們說道：

「學校裡四處傳出災情。還留在學校的女同學多半慘遭洋服崩壞(dress break)襲擊，身上的衣物都爆開了。學生會的西迪眷屬也已經開始處理一誠同學，但是學生會成員大多是女性，似乎陷入苦戰。」

學生會的人也和我們一樣是惡魔。木場剛才就是聯絡他們啊。只是這樣不是給他們添了很多麻煩嗎！蒼那會長、匙，對不起！

嗡。

阿撒塞勒老師在眼前憑空展開小型魔法陣，像是在操縱觸控面板一般用手指操作起來。

然後——

錚！

瞬間閃過耀眼的光芒，感覺好像包圍整個學校！

光芒止息之後，老師說聲：

「總之為了避免事態繼續擴大，我讓待在學校的所有學生強制沉睡了。並且為了不讓一誠接近，我也用小規模的結界籠罩女學生。這樣一誠就無法對沉睡中的女學生亂來。」

真的假的。太厲害了，剛才那個瞬間就能做到這些。墮天使的總督大人真是法力無邊。

「不愧是老師。」

全體女性社員對老師投以掌聲和讚譽……這是怎麼回事，心情好複雜。明明不是在說我，卻好像是在罵我！

老師用力站了起來，對所有人說道：

「剩下的工作就是殲滅一誠。只要對他們造成傷害，他們就會煙消雲散。」

我明白他不是在說我，但是聽到「殲滅」兩個字感覺好像被當成害蟲……

「反正三百個一誠和害蟲沒什麼兩樣。必須驅除才行。」

「不要說出我心中的想法好嗎！太過分了，老師！」

追根究底還不是因為你——！

「一誠只要一個就夠了。」

「是的，社長。太多也會造成危害。把他們全部消滅吧。」

社長和木場也鬥志十足！

「……簡直是女性公敵。糟糕透頂的現象。必須打倒他們才行。」

呼！

小貓猛力出拳，振作氣勢！平常面無表情的怪力少女充滿幹勁！

大家好像已經不在意老師幹的好事，心思全部放在消滅我的分身這件事上。

你們真的太過分了！最大的受害者是我！我都快哭出來了！

「好，你們聽著，我已經想好作戰計畫了。別小看墮天使的科學實力喔。」

「是！」

就是這樣，大家開始擬定作戰計畫，準備打倒我的分身。

—○●○—

我們利用剛才抓到的分身，提出作戰方案。

分身是這麼說的。

「只、只要看見胸部，我的心情就會安穩下來……給、給我胸部～～」

以前老爸給我看的殭屍電影裡的殭屍，好像也說過類似的話……不過這也太誇張了。他們該不會一直處於胸部缺乏症發作的狀態吧。

於是作戰計畫決定好了。

作戰計畫1　垂釣

老師不知道從哪裡播放節奏輕快的音樂，同時從懷中拿出一樣東西。

「首先要準備釣竿。然後把色情書刊綁上去當成釣餌就完成了。」

阿撒塞勒老師將綁有色情書刊的釣竿發給各個社員。

好像是要社員們拿著釣竿垂釣，等待我的分身上鉤的樣子。

還有攻擊人員在下面待命，負責擊破上鉤的分身。原則上我也是負責攻擊的人……

不、不過這麼簡單的作戰計畫行得通嗎？我相當懷疑。還有這就是墮天使的科學實力嗎？這種勞作別說小學生，連幼稚園小朋友也做得來吧！

「就算我再怎麼好色，也沒有嚴重到會撲向這種怎麼看都很危險的東西——」

「是色情書刊！」

「色情書刊！」

「我要看！」

「是我的！」

有好多分身聚集到社員垂下來的色情書刊那邊！看見令人難以置信的光景，我嚇到眼珠快掉出來了！咦咦咦咦咦咦咦咦！這樣也可以嗎，我的分身——！

「老、老師！才剛放下去就上鉤了！」

在上面垂釣的木場似乎也因為立即可見的成果而感到驚訝。

咚！叩！

小貓將上鉤的分身一一擊破，分身逐漸消失。

「……收穫豐碩到令人害怕。」

說著也是！我也嚇到了，小貓！

「可是還有一些一誠學長躲在暗處觀察情況！」

加斯帕指著躲在暗處的分身開口。有些我的警戒心比較強吧。

「那就用特定屬性的色情書刊對付他們。肯定會撲過來。」

老師幫加斯帕的釣竿換了釣餌。不，怎麼可能因此……但是我的想法再次落空——

「真、真的耶！好厲害！」

愛西亞以罕見的色情書刊釣到警戒心比較強的分身了！

愛西亞儘管驚訝，卻又顯得有點開心！愛西亞很享受色情書刊垂釣嗎！

「……消滅變態。」

咚！叩！

可愛的學妹毫不留情地擊倒我的分身！

「……這裡也有！」

呼！

怪力少女的拳頭甚至飛到我這邊！她分不出我和分身的區別嗎！

叩！

「咳！」……我的腹部中了一拳！好精準的心窩攻擊！

「……小、小貓……我是，本尊……」

「我不會上當的。本尊的長相更猥褻。」

妳在說什麼！我平常在妳的眼中是什麼德性！

「小貓，那個一誠好像是本尊喔。中了一拳也沒有消失。」

聽到同樣負責攻擊的潔諾薇亞提醒，小貓才發現這個事實。

……嗚嗚，我今天的運勢肯定很差。

垂釣作戰十分有效，消滅了大約一半的分身……

但是我的心情依然很複雜。

作戰計畫2　色誘

我們又想了第二個作戰計畫。因為分身開始不上鉤了。

「色情書刊釣法不管用了。看來就算是一誠也會學到教訓。」

嗯，阿撒塞勒老師說的話都很過分。

老師叫了朱乃學姊一聲：

「朱乃。」

聽見老師叫她，平常一臉笑咪咪的朱乃學姊挑起眉毛，顯得有點不開心。因為朱乃學姊好像不太喜歡阿撒塞勒老師。

「什麼事？」

「我有個主意，但是需要妳的協助。」

「……要執行你的計畫我實在不太高興，不過姑且聽聽看好了。」

老師對著朱乃學姊耳語。朱乃學姊聞言露出複雜的表情：

「……的、的確，這個方法或許有用。」

「我本來是想找莉雅絲，不過她還是留下來當最後的手段比較好。先從妳開始吧。」

「……我、我知道了。」

朱乃學姊心不甘情不願地接受老師的意見。怎麼了？老師說了什麼？

朱乃學姊以惡魔的力量——魔力，在房間角落變出類似簡易試穿間的東西，鑽進裡面。

她要換衣服嗎？我滿心疑問地等了一會兒——從試穿間裡走出來的是兔女郎打扮的朱乃學姊————！

緊緊包覆美腿的網襪！強調胸口，角度相當危險的兔女郎裝！再加上兔耳便達到完美無缺的境地！朱乃學姊的體型原本就很性感，再打扮成兔女郎，破壞力更是遠遠超乎想像！

「妳看吧。本尊的反應都已經這麼強烈，這招肯定效果絕佳吧？」

見我看著兔女郎朱乃學姊出神，老師笑著開口。看見兔女郎打扮的朱乃學姊根本就不可能保持冷靜吧！

朱乃學姊走出舊校舍，立刻大聲喊道：

「一誠——！有胸部喔——！」

經過一段短暫的沉默——

「胸部！」

使用色情書刊釣法的時候也沒出現的分身們大舉現身！你們剛才都躲到哪去啦！

「給我胸部！」

「是我的！那是我的胸部！」

「胸部——！」

他們各個露出好色的表情，但是也十分認真！你們到底對胸部有多麼飢渴！好吧，我也是一直都很飢渴沒錯！

就在分身撲向朱乃學姊的瞬間——

錚！隆——————！

閃電瞬間一亮，雷光便籠罩那些分身。喔喔！是朱乃學姊擅長的雷電攻擊！分身就這麼一舉消失！

這招相當有效。他們即使知道會消失也毫不猶豫，眼中只有朱乃學姊的胸部，不斷撲過去，然後不斷被葬送。

這個有如「飛蛾撲火」的景象，讓身為本尊的我也丟臉到流下淚水。

……你們在幹什麼啊……

朱乃學姊兔女郎作戰計畫呈現單純作業的狀態。我從中感覺到無常，心情變得空虛。啊啊，我的分身們啊。你們幸福嗎？朝著朱乃學姊的胸部衝鋒陷陣，賭上瞬間的希望撲過去。然後無情地遭到葬送而消失。

「哎呀哎呀。如果是一誠的本尊，這種情況其實挺令人高興的……也可以用兔女郎的裝扮服侍一誠。抱歉囉，一誠的分身們。」

朱乃學姊誘人的話語讓我心生感動，差點想要撲過去，但還是制止自己。

老師來到我身邊，拍著我的肩膀，同時不住用力點頭。他的表情充滿哀戚。但是手上卻拿著攝影機：

「晚一點可以把我錄下來的這段影像傳給同僚嗎？這實在太好笑了。」

「我覺得就算揍你一頓我也不會挨罵吧。」

我和老師當場大打出手。

我寫出一首俳句。

瞬光乃閃電　猶如飛蛾急撲火　夏天的我們

by　兵藤一誠

作戰計畫3　墮天使總督的脅迫

朱乃學姊的兔女郎作戰計畫使得剩下一半的分身人數大減，只剩不到十個。

因此作戰也進入最後階段。

「呼哈哈！愚蠢的一誠們！」

阿撒塞勒老師站在舊校舍的屋頂！他身穿邪惡組織首領風格的獨特服裝，背上展開六對墮天使特有的黑色羽翼，看起來完全就是敵人的大頭目。

他對著仍然不知道躲在哪裡觀察我們的分身高聲吶喊：

「你們看看這個！」

身穿禮服的社長出現在老師身邊！這是被抓走的公主模式。不過社長本來就是公主，禮服穿在她身上看起來好適合又好美！

這是最後的作戰。讓身為主人的社長呈現人質狀態，激怒那些分身。

如果社長被壞蛋的大頭目抓走，我會拚了命去救她！畢竟她是我的主人，同時也是我愛的女人！

無論如何，由老師提出的這個作戰計畫，乃是利用我對主人的愛意。真是太狠毒了！不愧是墮天使組織的大頭目想出來的！

「呀——一誠，救命——」

但是最重要的社長好像有點興致缺缺的樣子，聲音聽起來也很假。沒辦法，這種計畫的確是愚蠢的成分比較強烈。

看見她的表現，老師嘆了口氣：

「喂，莉雅絲，妳叫得認真一點。叫得這麼假，連我都快失去興致了。」

「你這麼說我也沒辦法……再說一誠的分身真的會因為這種事而現身嗎？」

正如社長所說，剩下的分身直到現在都沒有動靜。

「這個嘛，如果這樣沒辦法逼出他們，我也有別的想法。」

老師先是深呼吸一口氣：

「聽好了！我現在要開始揉莉雅絲的胸部囉————！不希望我揉就救出來救她！哼哈哈哈哈哈哈哈哈哈！」

然後喊出這種亂七八糟的話！

喂————！居、居然說要揉社長的胸部！我可沒聽說這個作戰會做到這個地步！不，這大概只是演戲，但是有些不該做的事就是不該做！

「……唔！好邪惡的作戰計畫！居然把我的社長的胸部抓去當人質——不，是乳質！」

我握拳高舉，渾身顫抖，感覺怒不可抑。這時小貓在我身旁嘆氣：

「……好低級的作戰。」

就是說啊，小貓大人！

老師繼續對分身們說道：

「我數到十你還不出來的話，我的手就要一把抓住莉雅絲的胸部囉！聽見了嗎！一把抓住喔！我要在你眼前做出你辦不到的動作給你瞧瞧！」

他的五指動個不停，動作相當猥褻！

「……你演得很起勁嘛。」

社長瞇起眼睛嘆氣。

「哈哈哈，我成為最後頭目一般的存在那麼久，可不是白白浪費時間。這種事交給我準沒錯。」

「我知道了。那我也得加把勁才行……」

社長似乎下定決心，吸了一口氣。

「呀啊——！一誠！救命啊——！」

然後以可愛的聲音求救！社長可愛的聲音害我心動了一下！

「社長！」

聽見她的聲音，躲在暗處的分身紛紛現身。

喔喔！分身各個都是一臉認真！即使是只有性慾特別突出的分身，對於社長的愛依然忠貞！知道這件事讓我有點感動。

「你們看！剩下的傻瓜跑過來了！不愧是我的作戰計畫！你們看見了吧，這就是墮天使的科學實力！」

這算哪門子的科學實力！不過這番話莫名地有種說服力，是因為老師儘管愛喜胡鬧，卻是個很厲害的人嗎！

嗶——！

老師毫不留情地從手指發射光線，攻擊我的分身！

轟隆————！

光線引發大爆炸，炸飛了好幾個分身！老師的攻擊威力還是一樣誇張！而且是留了好幾手還有那種威力，所以更是可怕！

接著又以光線對持續前進的分身追擊！

隆────────！

分身無力抵抗，消失在龐大的光柱當中。

……一想到如果是自己遭受那樣的攻擊，我的背脊就發涼，但是老師愉快地笑道：

「看啊！一誠就像垃圾一樣！」

而且打從心底享受這一切！

「喂，阿撒塞勒，稍微收斂一點。之後要修理毀壞的學校的人可是我們喔。還是向墮天使那邊請款好了……」

社長也相當傻眼。

「哈哈哈哈。哎呀，別這麼說嘛，莉雅絲。這很好玩耶。」

兩人如此一來一往時，減少到只剩下一個的分身被光線的爆炸威力炸飛，依然挺起受傷的身體，朝老師那邊前進。

「總覺得……那位分身先生好拚命。」

愛西亞在我身旁一臉擔心地說道。

……的、的確，這是很難當成事不關己沒錯。

儘管受了傷，那個分身依然大喊：

「我要去救社長！」

——！

他的吶喊劇烈震撼我的心。沒錯……說得沒錯！

我不知不覺牽起那個分身的手。分身訝異地盯著我。

「走吧！話說回來一開始都是老師的錯！我們一起去救社長吧！」

沒錯，事情會變成這樣全都是老師搞出來的。我差點忘記這種不應該忘記的事。

我和分身握手致意，不知為何有種心靈相通的感覺。嘿嘿嘿，畢竟我們很相似嘛。

「上啊——————！」

「喔喔喔喔喔喔喔！」

我和分身朝阿撒塞勒老師衝去！沒錯！一切罪惡的元兇就是那個墮天使！我們必須打倒他，和平才會降臨在這間學園！這麼簡單的道理，我——我們現在才想通！

「哎呀呀？他們何時勾搭在一起想反抗我了？唉，真拿他們沒辦法。」

嗶——！

老師毫不留情地從手指發出光線！

咚啪——————！

我和分身勉強躲過他的攻擊！我們可不能在這裡停下腳步！我們得打倒那個傢伙！打倒

那個最終頭目老師才行！

「唔！居然躲過了！既然如此就這樣吧。」

嗶──！嗶──！嗶──！

光線連發！到處都產生爆炸，然而我們儘管受到爆炸餘波波及，依然像特攝英雄一樣朝壞蛋的大頭目勇往直前。

即使有時其中一方倒下也會互相扶持，重新起身再次前進！

但是光線依然無情地襲向我們──

喀！

光線在即將命中我們之際彈開，命中遠方的某處。彈開光線的──是舉著劍的木場和潔諾薇亞。

他們兩個面帶微笑開口：

「不知道為什麼……身體自己動了起來。」

「嗯。我也和木場一樣。看著你們，心裡自然冒出念頭，覺得必須協助你們。」

嘩──

淡綠色的柔和光芒籠罩我和分身。傷勢立刻痊癒，身體變得輕盈許多──是愛西亞。擁有恢復能力的愛西亞治療我和分身。

「看著兩位的表現……我的內心深處湧現一股熱潮。」

愛西亞是這麼說的。啊啊，有愛西亞的幫忙，真是讓人勇氣百倍！

「就是說啊。仔細想想，元兇還是阿撒塞勒老師。」

朱乃學姊也來到我們身邊！

「……我覺得偶爾讓老師學點教訓也不錯。」

「雖然搞不太清楚狀況，但是我也要幫忙！」

小貓和加斯帕也和我們會合！

我和分身奮鬥的模樣似乎點燃大家心中的那把火。

……嘿嘿嘿，什麼嘛。大家真是的……都是善良的傢伙嘛。

這也是沒辦法的事，再怎麼說我們都是好夥伴。

「上吧，打倒老師！」

「喔！」

我們知道真正的罪惡所在之處，重新團結起來！

然後我們一口氣衝向老師——不，是罪惡的首領阿撒塞勒！

果然，最有問題的人就是你！

看見這幅光景，老師嚇到眼珠都快蹦出來。

「哎呀呀！他們幾個竟然聯手了！」

「也好，你偶爾也該有這種下場。基本上你做的都是些壞事。」

社長也深深點頭。

「怎、怎麼會！」

或許是這樣的發展太過出乎預料，老師大吃一驚。就在他展開黑色羽翼，打算逃往空中之際，同心協力來到屋頂的我們抓住他的腳。

「我、我！居然在這種地方！呀啊————————！」

有如最終頭目的瀕死慘叫。我們逮到老師了。

「嘖。仗著人多欺負我。」

老師臉上貼了一堆ＯＫ繃，眯起的眼睛積滿淚水，口中唸唸有詞。

「你在說什麼。全都是你不好吧？」

朱乃學姊苦笑說道。

「就是說啊，你稍微反省一下好嗎，老師？」

「嗯…………」

社長也這麼表示，讓老師也無話可說。

我們逮到老師之後，狠狠地教訓他一頓。偶爾像這樣對他下點猛藥也是必要的。再說這次的事件，也是老師一時興起所引發的。

「啊，學長的分身好像要消失了。」

聽到加斯帕的話，我轉頭看向分身──剛才還和我一起戰鬥的分身要消失了。看來我的分身是有時間限制的。

我什麼都沒說，只是向他敬禮。他也向我敬禮作為回應。

雖然只是短暫的並肩作戰，但是我們確實是同袍。

我環顧四周，愛西亞、潔諾薇亞、加斯帕也都跟著敬禮。看來他們也有某種心靈相通的感受吧。

我的分身逐漸消失。能夠逮到老師，他的表情顯得頗為滿足。這個傢伙在最後也做了一件好事呢。

然後被我的分身脫光光的女同學們，阿撒塞勒老師運用他的力量刪除她們有關於這個部分的記憶。

太好了太好了。這下子就不會有我扒光女生的流言傳遍全校──

「不，完全消除會造成記憶障礙，所以我消除的只有分身這件事。換句話說，被一誠炸飛衣服、脫得精光的記憶還留著。」

老師如此說道。

……咦？這是什麼意思……？

正當我滿心疑問時，木場指著樓下開口：

「不好了。有一大群女生殺到舊校舍來了。」

「什、什麼——————！」

我立刻從舊校舍的樓頂探頭往下看。結果——

「啊！兵藤在那裡！」

「喂，變態！你竟敢脫光我們的衣服！」

「給我下來！我要殺了你！」

「你把我們害得有多慘，我們就要把你揍得有多慘！」

老師的術法已經解除，大家都清醒了！樓下有一大群衣服被分身粉碎的女生，各個眼中都閃著殺意！

我、我會被殺！

「哈哈哈，抱歉囉，一誠。改天我再請你吃飯，這個狀況你就自己想辦法突破吧。」

老師輕鬆笑了一下，就此離開現場！他、他跑了！該死的墮天使老師————！

咻！

我感覺整個人飄了起來！等等，是小貓用她的怪力把我舉起來！

扔！

「……再這樣下去會對其他社員造成困擾，請你挺身解決這件事吧。」

可愛的學妹把我丟進瀰漫殺意的女孩子之中──────！

抓！

幾個運動型的女生接住我，把我丟在人群中央。

「…………」

一群女生圍著我。乍看之下很像後宮。但是事情沒有那麼美妙！

大家都瞪著我。沉默中醞釀一股壓力。所有人都籠罩在敵意與殺意之中……

我躡手躡腳準備逃跑。這下肯定會死！

「別跑！兵藤──────！」

女生同時追了上來！

「嗚哇啊啊啊──────！老師──────！你在哪裡！可惡！我一定要把你也拖下水才甘心──────！」

我一面哭喊，一面到處找老師！

Extra Life　歡樂的紅髮家族（吉蒙里）

這天是個假日，從一大早社長的臉色就很凝重。

「不好了。」

難得看到社長這麼慌張，一直在我的房間和一樓之間來來回回。

「莉雅絲姊姊好奇怪。」

坐在我身旁的愛西亞也一臉擔心地看著社長。

正如愛西亞所說，社長從早上就很奇怪。她突然開始非常仔細地打掃家裡，而且每隔十分鐘就檢查一次自己的儀容。

我們才剛和北歐的惡神洛基結束一場激戰。不久之後，我們二年級組就要到京都教學旅行了。

為了準備旅行用品，二年級組也差不多得到最近的百貨公司購物。但是現在我比較在意社長的狀況。

「社長，怎麼了嗎？」

聽到我好奇的問題，社長以認真的表情回答：

「大嫂要來了。」

「大嫂？喔，妳是說葛瑞菲雅啊。」

社長聞言輕輕點頭。

葛瑞菲雅。社長家的女僕。在上級惡魔名門吉蒙里家當中，舉凡大小行程、經濟問題，各方面事務都相當深入地參與其中。

同時她也是社長的哥哥——魔王陛下的眷屬惡魔，更是他的妻子。也就是說以家庭結構來說，她是社長的大嫂。

可是社長平常都用名字直呼葛瑞菲雅，為什麼只有今天叫她「大嫂」呢？

正當我滿心疑問時，朱乃學姊對我說道：

「葛瑞菲雅大人今天不用值勤。」

「喔——不用值勤啊。也就是說她今天不當女僕囉？」

「是啊。平常她是侍奉吉蒙里家的女僕，和身為吉蒙里家之女的莉雅絲屬於主僕關係。但是休假時就另當別論。只有在休假的時候，她的立場會變成莉雅絲的大嫂。」

「……社長很怕身為大嫂的葛瑞菲雅……好像是因為這種時候葛瑞菲雅的審視標準特別嚴格。」

小貓如此說道。原來如此啊。

「原來有人可以讓社長那麼害怕。」

潔諾薇亞也不住點頭。雖然社長是名門吉蒙里家的繼任宗主，同時也是個年輕女孩。所以不當女僕時，葛瑞菲雅就會進入大姊姊模式嗎？我有點想看社長和葛瑞菲雅這對姊妹會怎麼相處。兩個美女對談，光是在一旁看著應該就很賞心悅目吧……不過看到社長緊張成這樣，感覺很有可能發生什麼狀況。

「所以她選擇在假日造訪我家嗎？」

聽我這麼說，朱乃學姊輕笑一聲：

「是啊，好像是有什麼話想以大嫂的身分對莉雅絲說的樣子。」

就在我和朱乃學姊對話之時，社長在一旁再次確認房間狀態。再繼續整理也不會變得更整齊啦，社長。

「還、還得準備茶水才行。一誠，你也要振作一點。大嫂一定也會檢查你。」

社長幫我把領子拉好，連髮型都稍微打理一下。

「連、連我也會嗎？可是這是為什麼……？」

「因為你——」

社長說到這裡欲言又止，滿臉通紅。

「……就、就是，你、你比較特別嘛……」

我、我特別……？有點搞不懂，是因為我是寄住家庭的人嗎？還是因為暑假時到冥界接受很多訓練的關係？

暑假的時候，我們到惡魔的故鄉冥界，在社長家叨擾了一陣子。

特別是我，還上了社交舞的課程、學習社長家的歷史等等，和其他夥伴有不太一樣的體驗。不過直到現在我還是不知道為什麼要學那些。

吉蒙里家的傭人也都稱呼我「少爺」……

正當我百思不解之時。

叮咚──

門鈴響了。至於來者是誰，從社長的反應大致可以想像。

社長連忙衝下樓梯，前往門口。我們也互看一眼，跟在社長後面。

打開大門之後，現身在門外的──是名身穿高貴服飾的銀髮美女。我認得她。服裝和髮型和平常不一樣……不過確實是女僕葛瑞菲雅！

她今天穿的衣服看起來像是名牌貨，頭髮也挽了起來，整體感覺相當華麗。嗚哇……平常身穿女傭服的葛瑞菲雅很美，但是今天的葛瑞菲雅看起來更是充滿成年女性的魅力！

平常葛瑞菲雅總是透過魔法陣出現在我們面前，但是今天是從大門拜訪。她果然是想要以社長大嫂的身分進行正式的訪問吧。

從門口看去，還可以看見外面停了一輛很豪華的禮車！太厲害了！不愧是魔王夫人！

葛瑞菲雅看著我們：

「各位日安。」

她露出優雅的微笑，極為有禮地向我們打招呼。葛瑞菲雅的視線接著移到社長身上。

面帶開朗的笑容，葛瑞菲雅向社長打招呼：

「日安，莉雅絲。」

「日安，大嫂。」

社長也回以開朗的微笑，但是表情隱約看得出緊張的感覺。

「久違了，公主殿下。」

突然傳出第三者的聲音。我看向聲音傳來的方向——有隻奇妙的生物！臉長得像東方的龍，全身上下長滿紅色鱗片。但是身體有點像鹿，又有點像馬。大小差不多兩公尺吧？無論如何，我都是第一次看見這種生物。話說剛才說話的是這傢伙嗎？

大概是察覺到我的視線，那個生物對我點頭示意：

「您是赤龍帝大人吧。初次見面。我是侍奉瑟傑克斯陛下的『士兵（pawn）』——名為炎駒。今後還請多多指教。」

他、他說話了！而且語氣非常有禮貌！

「這、這樣啊，我才要請你多多指教！」

我也如此回禮。

剛才那個果然是這個……名叫炎駒的傢伙的聲音嗎！侍奉瑟傑克斯陛下？那表示——

「一誠，他是炎駒。是種名叫麒麟的傳說生物，也是兄長的眷屬。炎駒，好久不見。見到你這麼平安真是太好了。」

社長伸手摸摸炎駒……那隻麒麟的臉頰。

這邊所謂的麒麟，並非被誤認的長頸鹿。就連我也聽過這個名字。詳細的傳說我也不太清楚，不過就是出現在中國的傳奇故事裡的那個吧。

不過瑟傑克斯陛下的眷屬居然是傳說中的生物……雖說是「士兵」，絕對不是普通的貨色吧。同樣是「士兵」，與我也相差太多了……

麒麟——炎駒對葛瑞菲雅說道：

「那麼葛瑞菲雅大人，我先回崗位了。」

「好的。謝謝你送我過來這裡，炎駒。其實我自己一個人來就可以了……」

「您在說什麼。葛瑞菲雅大人身為我們偉大的『皇后』，又是主人的夫人，正式造訪此地怎麼可以沒有護衛隨侍……話雖如此，我一點也不認為如果我不在場會對葛瑞菲雅大人造成任何問題。另一方面，我也希望自己的造訪能夠為赤龍帝大人的住處帶來些許好運，才會過來此處。最重要的是能夠見到公主殿下和赤龍帝少爺。」

原來如此。以瑟傑克斯陛下的夫人、社長的大嫂的身分正式造訪，是這麼盛大的活動就對了。

話說又聽見有人叫我「少爺」。我的定位到底是什麼？

不過好運又是怎麼回事？正當我感到不解時，朱乃學姊在我耳邊說道：

「麒麟被視為祥獸。據說如果麒麟造訪人家，那戶人家就會發生好事。」

喔——那真是太感謝了。希望我家能發生什麼好事。

「順道一提，能夠將麒麟這種神聖的生物收為眷屬的，在惡魔當中也只有瑟傑克斯陛下。原本這類生物和惡魔應該無法並存。在瑟傑克斯陛下辦到的那一刻，更加凸顯陛下與其他大人之間的區隔。」

朱乃學姊又如此補充說明。真的假的！瑟傑克斯陛下果然太破格了……

「炎駒，稍微坐一下再走嘛。」

社長似乎有點落寞。

「哈哈哈，能聽見公主挽留，炎駒已經很高興了。身為瑟傑克斯陛下的眷屬，我也有多項要務在身。我必須回到冥界，完成自己份內的工作才行。不過公主，我真希望能夠像以前一樣載著您共遊山野。那麼我就此告別。希望有機會能與各位再次相見。」

炎駒留下這些話——便化為一陣紅霧消失。

「我還在冥界時，都是炎駒陪我聊天。他還經常讓我騎在他身上。」

社長帶著微笑對我開口。這樣啊，炎駒也是看著社長一路成長的人之一吧。

見社長有點沉浸在過往之中，葛瑞菲雅輕咳一聲。社長的表情再次變得緊張。看見社長的反應之後，葛瑞菲雅說聲：

「好了，寒喧到此結束。那麼可以讓我進去了吧？」

就是這樣，葛瑞菲雅以社長大嫂的身分來到我家。

「這樣啊，莉雅絲沒給各位添麻煩我就放心了。」

「不，別這麼說，我能夠待在這裡還是托莉雅絲姊姊的福。」

愛西亞和葛瑞菲雅如此對話。

葛瑞菲雅和住在我家的社員在客廳有說有笑，一片和樂。

坐在我身旁的社長臉上雖然掛著笑容，不過隱約有點不太自然。

住在這個家裡的人都聚集在這裡。愛西亞、朱乃學姊、小貓、潔諾薇亞、伊莉娜都圍在同一張桌子旁。

題外話，我的爸媽今天出遠門，所以不在家。

「因為莉雅絲有些任性，我原本還擔心她會不會給各位眷屬添麻煩。」

「沒有這回事。寄居在這個家的成員都以莉雅絲為中心，她相當照顧我們。」

朱乃學姊笑盈盈地幫社長說話。果然是好朋友！

「有這麼多好朋友、好學弟妹，莉雅絲真是幸福。」

葛瑞菲雅微笑開口。那看起來是真心感到高興的微笑。

不過她的眼神立刻又變得銳利，在社長……和我之間來回打量。為、為什麼是我？

「再來……只差好男人了吧。」

綳。

葛瑞菲雅這番話令室內氣氛頓時變得緊張。

「難、難道……是這麼回事嗎……？」

剛才還滿臉微笑的愛西亞，表情也一下子變得忐忑不安。

「說得也是……葛瑞菲雅大人正式來到這裡，當然也有那方面的意圖。」

朱乃學姊的笑容當中也透出一股壓力！

「……我知道這個時候總有一天會到來。」

總是面無表情的蘿莉小貓也一臉凝重。

只有潔諾薇亞和伊莉娜頭上冒出問號，一臉搞不清楚狀況的樣子……不過老實說，我也無法理解現在的狀況。為什麼葛瑞菲雅那句話可以對這幾個女生的心情造成如此重大的影響啊……？複雜的少女心？我、我不懂啦！

木場和加斯帕今天沒有過來。好像是社長對他們說只要住在我家的眷屬就夠了。羅絲薇瑟為了準備住進我家，今天好像也是一早就出門採買家具等用品。她說過想盡可能買到比較便宜的東西。她好像是那種一扯到金錢就會特別嚴謹的人。

這時社長滿臉通紅，對著葛瑞菲雅開口：

「大、大嫂！您過來這裡是為了那件事嗎？我、我還以為那件事可以全權交給我負責，順其自然進行的！」

「哎呀。莉雅絲，我和婆婆從來沒這麼說喔？妳已經毀過一次婚，就應該早點讓我們放心，這才是妳身為繼任宗主的職責吧？」

葛瑞菲雅平淡的語氣也讓社長無法太過強硬。一定是因為葛瑞菲雅以「大嫂」的身分來訪，社長覺得不可以惹她生氣吧。

話說悔婚是指和原本的未婚夫——萊薩之間的婚約告吹那件事嗎？

對於名門吉蒙里家而言那也是一件大事，嚴重到日後也受到其他名門暗中批評。

大家都說——「吉蒙里家的公主任性地解除婚約」。

在重視地位與血統的惡魔貴族社會當中，世家之間的婚事相當重要，上級惡魔的嫡子似乎很難保有戀愛的自由。貴族社會真是複雜。

最後是我闖進訂婚派對，打倒萊薩搶走社長。

儘管如此，社長的雙親還是允許她悔婚。

「惡魔的出生率原本就已經相當令人憂心。尤其名門的血脈更是不容斷絕。希望妳總有一天可以成為母親，生下新世代的小孩。這是公公、婆婆，也是我和他的心願。」

葛瑞菲雅神情認真，如此叮囑社長。

不過她的表情隨即鬆懈下來，苦笑開口：

「話雖如此，我也參與了那件事。當時幫了妳一把。更何況——再怎麼說，我和他也是自由戀愛。當時以立場來說，可是比妳還要複雜呢。」

「兩位的戀愛故事在惡魔女性之間，已經算是傳奇了。」

朱乃學姊紅著臉如此說道。喔——我都不知道，原來葛瑞菲雅的戀愛那麼轟轟烈烈。畢竟對象是魔王，這也很正常。

「……還改編成戲劇。」

小貓接著說道。還有戲劇啊！真是厲害！

「我、我很想知道！」

愛西亞也非常感興趣！女生真的很喜歡戀愛話題。

葛瑞菲雅有點難為情，輕咳一聲恢復平常的表情：

「一方面也是因為我們的情況是那樣，難免會把期望寄託在妳身上。我很希望妳可以成為亭亭玉立的上級惡魔淑女，希望妳可以多一點身為繼任宗主的自覺。所以妳還有很多地方必須改進。像是覺得可以用錢解決妳的任性，像是想到什麼就會立刻付諸行動。獨占欲太強的部分好像稍微有所改善了，但是重要時刻無法下定決心就有點沒用。像我和他那時候就是一口氣把事情全部解決喔。和妳同輩的女生已經有人成家了，這點妳可別忘了。等到妳高中畢業之後，受到社交界邀請的機會也將增加許多，總不能讓大家一直認為妳是個任性的小女孩，這可是會讓吉蒙里家蒙羞。雖然在那個特攝節目的影響之下，得到廣大平民惡魔的支持……總之必須趁現在讓妳的伴侶多方學習才行。上了大學之後，還得盡快進行結婚的準備喔。因為妳大學畢業之後得立刻繼任為宗主，迎接贅婿才行。在那之前還必須和公公完成所有事務的交接喔。這些妳都懂吧？在我看來，趁現在趕緊成家也不錯。排名遊戲固然重要，但是滿腦子只想著這件事，小心逐漸失去女人味。話說回來，妳──」

啊啊，葛瑞菲雅開始連珠砲似地訓起社長……

社長也無法回嘴，只能滿臉通紅聽她訓話。身為吉蒙里家的繼任宗主，平常的社長總是表現得氣質出眾、落落大方，但是像這樣挨罵時，瑟縮的模樣看起來又很像年輕女孩。對家裡的人來說，她可能還是個無法托付一切的小孩吧。

話說現在的葛瑞菲雅簡直像是在把身為女僕時吞進肚裡的苦水全部吐出來，說個沒完。

「好了好了，葛瑞菲雅。莉雅絲已經做得很好了吧。」

——！

突然傳出第三者的聲音！我聽過這個聲音。我和其他人，所有視線都集中到桌子角落。有個紅髮男子坐在那裡！社長看見那名男子，嚇得站了起來：

「兄長！」

沒錯！那個紅髮男子——就是魔王瑟傑克斯．路西法陛下！如假包換的魔王陛下登場了，各位！

只不過他是什麼時候來的？我完全沒查覺到他的氣息。他是什麼時候來到人類世界的這個家的客廳裡面的？

「嗨，莉雅絲。妳好啊。看妳沒事我就放心了。各位眷屬似乎也都別來無恙。」

瑟傑克斯陛下露出溫和的微笑。魔王這個職稱聽起來雖然很可怕，但是陛下這個人非常溫柔，又很謙和有禮。

「我還帶了禮物過來。是我監製的莉雅絲寫真集。標題就叫《人稱開關公主的女孩 ～

小莉雅成長篇～》。這是莉雅絲從小時候到過來日本讀高中為止的成長紀錄。」

陛下邊說邊拿出社長的寫真集，分送給我們。喔喔，連國中時代的照片都有！社長從這個時候開始胸部就很豐滿了！啊啊，好想見見這個時期的社長……

社長本人則是羞紅了臉，一面大叫「不要看！不可以看！」一面回收大家手上的書。感謝您可愛的反應！

「瑟傑克斯，今天不是有個只有四大魔王與會，商討要事的重要會議嗎？你該不會是翹掉會議了吧？」

葛瑞菲雅的眼睛一閃，露出銳利的眼神。瑟傑克斯陛下沒有特別介意，隨口回答：

「哈哈哈！我想在這裡參加會議。只要我的影像同步傳送到他們那邊，會議就成立——好痛好痛好痛好痛。會痛啦，葛瑞菲雅。」

葛瑞菲雅用力捏著瑟傑克斯陛下的臉頰！瑟傑克斯陛下雖然保持笑容，但是眼中已經浮現些許淚光。

「……你為什麼老是在我休假時這麼亂來……看來我今天果然不應該休假。還是從現在開始恢復女僕的身分好了。」

葛瑞菲雅一臉不太高興的模樣，口裡唸唸有詞。嗚哇——她真的生氣了……光是不高興就會散發如此凌厲的魔力，足以刺痛我的皮膚。

好驚人的壓力。也難怪社長會害怕。

錚。

桌上突然出現三個發光的小魔法陣。

沙……沙沙沙沙……

哎呀？各個魔法陣分別在桌上投射立體影像。原本帶有雜訊的影像慢慢變得清晰之後，看得出來那是三個人的臉。

『瑟……傑克……斯…………小瑟傑克斯……聽得到嗎——……？喂——小……瑟傑克斯……』

聲音部分還有點雜音，不過我聽過這個獨特的語氣！

——這時影像和聲音變得完全正常。

『小瑟傑克斯！真是的，你又擅自跑到人類世界！我也很想去人類世界耶～～！』

魔法少女——不，是魔王少女賽拉芙露·利維坦陛下！

「嗨，賽拉芙露。不好意思。我現在人在兵藤一誠家中。」

聽見瑟傑克斯陛下的說明，賽拉芙露陛下的視線轉向我的方向：

『哎呀呀呀。真的耶。呀喝——☆赤龍帝小弟！啊，小莉雅絲也在啊？』

「日安，賽拉芙露陛下。」

社長也打聲招呼。

『好的，日安，小莉雅絲。小瑟傑克斯真是的，你要去那邊一開始就該跟我們說一聲。小阿傑卡和法爾比還覺得很奇怪，對時間那麼嚴謹的小瑟傑克斯怎麼不在位子上。』

難得看見賽拉芙露陛下這樣氣呼呼的。她生氣的表情也好可愛，讓人感受到和平的氣氛。賽拉芙露陛下整個人就是魔王少女的感覺。

……等等，小、小阿傑卡……還有法爾比……？

我好像聽過賽拉芙露陛下提到的這兩個名字……除了賽拉芙露陛下以外，投影在桌子上的立體影像，還有兩個人的臉……

『瑟傑克斯。你會撇下會議前往人類世界，一定是因為發生什麼意外，或是發生什麼有趣的事吧──我猜是後者吧？』

外表妖豔的美青年揚起嘴角，露出詭異的笑容開口。

『……咦──不要惹出什麼麻煩事喔。我可不想工作……』

另外一個是用手撐著下巴，一臉愛睏的男子。

……這兩位我都看過。之前到冥界時，包括社長在內的六家新生代惡魔舉辦聚會，當時四大魔王陛下也齊聚一堂。那時我只見過瑟傑克斯陛下和賽拉芙露陛下，剩下兩位都是第一次見到，但是不會有錯！

這兩位也是魔王！

嗚哇啊啊啊啊啊啊！這下不得了了！有四位魔王出現在我家的桌上！話說這樣不就是四大魔王全部到齊了嗎！這可不是鬧著玩的！

瑟傑克斯陛下發現我十分驚訝，於是說聲：

「對了，我還沒有介紹他們給一誠認識吧。那個散發詭異氣氛的男子是阿傑卡・別西卜。主要工作是技術開發的最高顧問，術式程式等等都是由他負責。」

阿傑卡・別西卜陛下的視線轉到我身上：

『散發詭異氣氛很有惡魔的感覺很棒啊——哎呀，我真是失禮。幸會幸會，赤龍帝大人。我聽說過你的事蹟喔。』

「啊、陛、陛下您好，幸會！我是兵藤一誠！」

喔喔！我好緊張！對方是魔王陛下！而且還是參與「惡魔棋子（evil piece）」製作的大人……

瑟傑克斯陛下接著介紹另一位魔王陛下。

「然後那邊嫌麻煩的是法爾畢溫・阿斯莫德。主要統籌軍事方面的工作。」

『……你好。我是法爾畢溫。』

好、好缺乏霸氣的聲音……他真的是魔王陛下？而且還是軍事方面的統籌負責人……魔王陛下這麼沒有氣勢好嗎？我不由得擔心起這種事不關己的問題。

「貴安，別西卜陛下，阿斯莫德陛下。」

各位眷屬也向陛下打招呼。

『喂，法爾比！對方可是小莉雅絲的眷屬還有小赤龍帝，你要認真一點向和他們打招呼才可以啦！』

啊，陛下被利維坦陛下罵了。話、話說利維坦陛下稱呼阿斯莫德陛下「法爾比」啊。

阿斯莫德陛下不改慵懶的表情，甚至嘆了口氣：

『……賽拉芙露和瑟傑克斯工作得太勤奮了。我是本著工作就輸了的精神過活，所以除了重要工作以外全部交給眷屬去做喔。像這種時候，更應該收集優秀的眷屬，派他們去做事才對……啊啊，好無力……』

……這、這還真是不知道該說什麼……我記得現任的阿斯莫德陛下出身自格喇希亞拉波斯家吧。個性跟他們家的混混繼任宗主簡直天差地遠！

「……阿斯莫德陛下在收集眷屬時拿出畢生的幹勁，收集到能幹的人才。然後在那之後只負責對眷屬下達指示，將大部分的工作轉交出去，這就是陛下的行事作風。簡單說來，就是那種在暑假第一天把作業全部寫完，剩下的時間全部用來休息的類型。不過大家對陛下的評價是冥界最強的戰術、戰略家……」

社長悄悄在我旁邊耳語。而且用了這麼淺顯易懂的比喻，真是太感謝了。

這樣啊，一開始時非常認真，之後的事就交給能幹的眷屬去做。原、原來還有這招……我心中對魔王的印象正在逐漸崩潰……

好吧，其實在我遇見利維坦陛下的瞬間就已經或多或少想像得到，不過兩位陛下還是遠遠超乎我的想像，厲害厲害！

「順道一提，賽拉芙露負責外交方面。」

『V！和各國談判就交給我☆』

賽拉芙露陛下比出橫向的勝利手勢，並且拋個媚眼。可愛是可愛，但是讓她負責外交方面沒問題嗎？我記得家長參觀日沒有找她，她就因為大受打擊準備攻打天界了……

話說我強烈覺得三位陛下大部分的工作，瑟傑克斯陛下全部都有涉及。反過來說，因為瑟傑克斯陛下基本上還算認真，所以冥界才能維持和平嗎？

嗯——惡魔的世界好難懂！

『好了，瑟傑克斯，到底有什麼事？』

別西卜陛下興致勃勃地詢問瑟傑克斯陛下。瑟傑克斯陛下露出微笑之後，在社長——和我？之間來回打量，然後開口：

「其實我是想讓莉雅絲到和我家有所淵源的那個遺跡，接受吉蒙里家的傳統儀式。葛瑞菲雅過來這裡，也是為了這件事。」

『喔喔。』

聽到瑟傑克斯陛下的發言，三位陛下都笑了。咦……？這是怎麼回事？

心有疑問的不只我一個，社長也是。她挑起單邊眉毛說道：

「兄長——不對，路西法陛下，這是怎麼回事？您說的遺跡是指歷代祖先都很重視的那個地方嗎？」

瑟傑克斯陛下點頭回答社長的問題：

「嗯。吉蒙里家的人到了一定的年紀，都會到那個遺跡進行成年儀式——和親愛的人一起。妳明白這是什麼意思吧，莉雅絲？」

聽見瑟傑克斯陛下這句話，社長——滿臉通紅到了前所未見的程度。哎呀呀……怎麼了嗎，社長？

『這個有意思。比開會重要多了。』

『上次已經是小瑟傑克斯那時了！』

『啊——恭喜妳——我就提早祝賀吧。』

哎呀呀，別西卜陛下、利維坦陛下、阿斯莫德陛下好像都很清楚是怎麼回事。而且聽過理由之後各個看起來都很高興！到底怎麼了？

葛瑞菲雅起身對社長說道：

「事情就是這樣，莉雅絲。這是公公和婆婆的吩咐。剛才我說希望妳可以讓我們放心，意思就是要妳進行儀式。妳不能拒絕。妳必須做到這個程度，我們心裡才會比較踏實——雖然外子把多餘的人也找來了。瑟傑克斯，你明白吧？回家之後可是要再教育喔？」

葛瑞菲雅使勁擰著丈夫的臉頰，並且投以冰冷的眼神！嗚哇啊——好、好可怕！

「哈哈哈，事情就是這樣，小莉雅。妳和一誠可要好好加油喔……好痛，會痛啦，葛瑞菲雅。」

儘管被擰著臉頰，瑟傑克斯陛下依然保持笑容！但是只有眼淚止不住，一直往下流！看來最強的人是魔王的太座！

——等等，和我？我也要參加那個儀式嗎！為什麼！

我和當事人社長四目對望。

「嗚嗚嗚嗚，一誠……怎、怎麼辦……」

——

太、太卑鄙了！社長！居然像愛西亞一樣發出那麼可愛的困擾聲音和表情！完全從大姊姊模式變成普通女孩子模式！

葛瑞菲雅造訪、和四大魔王陛下見面，然後又提及神祕的儀式。接連發生許多我完全搞不懂的事……不過看來我也得參加那個不知道是什麼的儀式才行。

真是的，為什麼我老是會被捲進這種事件裡啊。

因為我是赤龍帝嗎？嗯……

「你們看！瑣細的生活用品全都在百元商店買到了！日本有這種全品項都是一百元的商店，真是太了不起了！便宜最棒了！」

羅絲薇瑟帶著許多在百元商店購買的東西回來，已經是魔王夫婦離開之後的事。

—○●○—

就是這樣，在那之後又過了幾天。

我和社長來到位於冥界吉蒙里領地某處山岳地帶的遺跡。身上一如往常穿著駒王學園的制服。

眷屬們都待在家裡。雖然大家也很想過來，但是這裡好像是吉蒙里家很重視的地方，閒雜人等不得踏進這裡一步。

……那麼問題當然會變成我為什麼可以過來。

眼前一片自然的岩理當中，有著精緻的大型石雕建築，那就是遺跡的入口。兩旁豎立著石柱，石柱和石柱中間有歷代吉蒙里家成員的石像。

哇……整體看起來很豪華，沒有特別顯眼的損壞。

「呼……事情突然進展得這麼快，要是害得他討厭我的話怎麼辦……」

社長在我身邊重重嘆氣。我也不知道該對她說什麼，反正盡快把這裡的事完成之後回家就對了。

「社長，沒問題的。有我跟著妳，僅管放一百二十個心──」

正當我在社長面前耍帥之時。

「喝！」

神祕的吶喊！我抬頭一看，只見──！

高空瞬間閃現光芒──然後有人飛了下來！是敵人嗎？我擺出迎戰架勢──一群戴著頭盔，身穿特攝服的人降落在我的面前！

一、二、三、四……五個！話說這是什麼打扮！穿得好像戰隊英雄！五個人的顏色都不同！紅、藍、黃、綠、粉紅！根據體形判斷，紅、藍、綠是男的，黃色和粉紅色是女的。

他們落地之後，五個人同時擺出架勢！

轟──────！

身後還產生神祕的大爆炸，冒出五彩煙霧！這是怎麼回事！

「來、來者何人？」

社長也提高警覺。遇到這種情況的確是該提高警覺！這些人除了可疑人物之外，沒有更貼切的形容了！

正中間那個身穿紅色特攝戲服的人利落地擺出架勢，同時大喊！

「呼哈哈哈哈哈！吾乃神祕的魔王——」

啪！

黃色的人用紙扇打了紅色的人。話說……那個紅色的人的聲音……

「抱歉抱歉。咳咳。重新來過！我們是魔王戰隊撒旦連者！我是隊長撒旦紅！」

「同個團體的撒旦藍。」

「雖然麻煩，撒旦綠。」

「我是小利維……不對，是撒旦粉紅喔☆」

「唉……呃，我是撒旦黃。」

…………

我和社長看得目瞪口呆。

……不不不！我說你們幾個！什麼魔王戰隊！

根本就是四大魔王陛下嘛————————————！

不管怎麼看，紅色都是瑟傑克斯陛下、藍色是別西卜陛下、綠色是阿斯莫德陛下、粉紅色是利維坦陛下吧！剛才還說自己是小利維！

這樣的話……黃色是葛瑞菲雅？看她對紅色，也就是對瑟傑克斯陛下吐嘈時那麼順手，幾乎可以肯定了……看她好像有點害羞，應該是葛瑞菲雅沒錯。

嗚哇——瑟傑克斯陛下和利維坦陛下光用看的就知道出他們玩得很起勁，一直在變換動作。

「怎麼樣？這個動作很帥吧。昨天晚上我還和兒子一起練習。」

「什麼嘛！我也想了很多可愛的動作喔☆」

我抱著頭原地跪倒。

——冥界真和平！

和平到我都哭了。哎呀——這樣也難怪以我為藍本的胸部龍會在冥界流行。因為這幾位領袖人物就是如此歡樂。啊，塞拉歐格說他想當魔王時，知道魔王都是這樣嗎？總覺得他好像比較喜歡嚴肅一點的冥界。嘿嘿嘿，我都不知道該如何反應了☆

「社、社長，現、現在怎麼辦？」

我如此詢問社長。就算是社長，看見自己的哥哥變成這樣也應該會……

「他、他們是何方神聖……我感覺到強大的魔力。居然自稱魔王戰隊……難道五個人都有魔王級的實力嗎？」

——！她沒發現——————————！

這位大姊姊！這樣不行！遲鈍成這樣可是致命傷！敏銳一點！那是妳哥哥！雖然穿著和動作非常誇張，不過還是魔王！眼前這幾位可是全體魔王陛下和最強的「皇后(queen)」大人！冥界無敵等級的人物集聚一堂！組成類似戰隊英雄的團體！

看見社長懷疑的表情，瑟傑克斯陛下——不，撒旦紅說話了。我還是叫他撒旦紅吧。總覺得以目前的形勢來說應該這樣稱呼。

「我們是吉蒙里家找來的。在這個遺跡裡面有三個考驗等著你們，你們兩人必須以自己的力量順利突破那些考驗。最重要的就是默契！」

正當撒旦紅如此說明時，撒旦粉紅指著別的方向：

「啊！有神祕的飛行物體！」

「什麼！大家一起攻擊！『滅殺魔彈(ruin the extinct)』！」

「『霸軍方程式(conqueror formula)』，業之式！」

「嘿——『零之雫與霧雪(celsius cross trigger)』！」

「……喝啊——阿斯莫德式攻擊——」

「呃——就叫撒旦黃射擊好了。」

轟隆——————————！

……空中發生大爆炸，規模可說是前所未見。

魔王級的五個人同時對天空發動掃射，餘波不只影響我們，連整個山岳地帶都劇烈搖晃，空氣強烈震動，眼前的廣大森林裡也有動物發出慘叫，四處逃竄……

啊，天空裂開了，出現一道前所未見，類似次元間隙的東西逐漸擴張，令人感到很不舒服……接著一陣色彩鮮豔、閃耀輝煌的光之粒子籠罩這座山。

還產生類似極光的現象……眼前連續出現如此稀有的現象……

「不過是個普通的惡靈，別嚇人好嗎，粉紅。」

「嘿嘿☆」

全體魔王的同時攻擊把普通的惡靈痛宰一頓嗎！遭受魔王同時攻擊的惡靈是有多麼邪惡強大！我受夠這些人了！洛基交給你們不就得了————！

「所以是什麼考驗？」

社長像是什麼都沒發生似地開口發問————！

「社、社長，妳沒看見剛才那個嗎……？他們對惡靈使出全力攻擊，那些疑似魔王等級強者的人————！」

「冷靜一點，一誠。惡靈不是什麼好東西，是該打倒沒錯。」

「我不是這個意思！啊————算了！」

我知道了——————！我配合你們就是了——————！我在內心發誓，無論發生任何事都會視若無睹！話說魔王陛下怎麼都這麼愛玩！

「我們將負責各個考驗！繼承吉蒙里家的兩位年輕人啊！你們要順利克服三項考驗，抵達遺跡最深處！那麼我們先到關卡等待你們了！呼哈哈哈哈哈！」

撒旦紅迅速走進遺跡的入口！剩下四位也跟著走進去！

……我和社長被留在原地……事、事情越來越誇張了……

雖然不知道他們有什麼意圖，但是在這座遺跡裡等待我們的居然是魔王陛下……

「好了，一誠！我們走吧！來到這裡之後我已經看開了！就讓他們見識見識我和一誠的感情有多好吧！」

社長充滿幹勁！既然如此就不能退縮！

我決定和社長一起突破所謂的考驗！

走過石板通道——我們來到一處寬廣的房間。

房間裡出現撒旦粉紅的身影！……那根本就是利維坦陛下。

撒旦粉紅看見我們，便比出橫向的勝利手勢大喊：

「來吧，兩位☆準備接受第一個考驗！」

我有點緊張……不知道要做什麼？至、至少別是戰鬥就好。對手是魔王，根本沒有勝算。最重要的是我不想和可愛的利維坦陛下戰鬥。

「首先第一個考驗是……社交舞！」

……………咦？考驗的內容太過出乎預料，我不禁露出愚蠢的表情。

至於社長——不住點頭，看起來好像還在她的預料範圍內。

咦咦咦咦咦咦咦咦……這、這是要考驗什麼啊？

「我想看你們兩個的舞跳得怎麼樣！讓我看到你們配合得當，就算順利過關囉☆趕快趕快，跳舞跳舞！未來你們兩個還要進入社交界，跳舞可是相當重要的喔！」

撒旦粉紅一個彈指，「碰！」變出音響設備，開始播放優雅的古典音樂。社交舞！真的要跳喔！

「來，一誠，開始囉！」

社長朝我伸手。啊，我在冥界向社長的母親學過這個。

我牽起社長的手，向她點頭致意。接著便跟著曲子跳舞。

……因為在冥界學過，姑且跳得還算順利。社長的舞姿也非常優美，偶爾還會巧妙帶領舞技還不成熟的我。

……這、這就是考驗嗎？我原本想像的是偏向戰鬥的考驗，看來說不定是我判斷錯誤。這樣一來我更是搞不懂。我原本還以為之所以叫我來，是為了在戰鬥方面支援社長……

難道是叫我來當舞伴嗎？

我一面想著這些事，一面跳舞。我和社長無意間四目對望——才發現社長的臉頰微微泛紅。哎呀呀……為什麼會是這種反應？

「一誠，跳得很棒喔。看來母親教導你的，你都確實學會了。太好了……這樣就算真的要上場……」

……嗯、嗯——社長的眼睛開始泛著淚光。

然後音樂結束，我和社長向彼此行禮。

啪啪啪……

撒旦粉紅朝著我們拍手。

「呵呵呵。什麼嘛，害我白操心了☆兩個都跳得不錯嘛！」

在她稱讚我們的同時，眼前的石門也發出沉重的巨響打開。

「好，你們兩個可以繼續前進囉！前往第二個考驗吧！」

就是這樣，我和社長順利突破第一項考驗。

仍是滿腦子問號的我走過一段通道，眼前再次出現寬敞的空間。

「……嗨，歡迎。」

撒旦綠——阿斯莫德陛下好像是負責第二項考驗的關主。

他好像很沒幹勁。啊，仔細一看還有兩名女子在一旁待命，大概是眷屬吧。身上還是穿著女僕服。

仔細一看，房間放著餐桌和椅子……餐桌上擺有餐盤和各式刀叉。

「這個嘛，第二個考驗是餐桌禮儀。我會在這裡看著，旁邊有兩個女僕負責評鑑你們兩位用餐的模樣……因為是採扣分制，扣到零分就結束了。」

……餐、餐桌禮儀？我已經無法理解了。這個遺跡到底是為了進行什麼的考驗……感覺簡直像是從基本開始複習貴族社會的舉止。

這是要社長參加各項考驗，以對上流階級重新有所認知嗎？畢竟社長是繼任宗主。只是為什麼我要參加？我的內心充滿疑問。

總之我在椅子上坐下，攤開餐巾——

就是這樣，我和社長開始用餐。從刀叉的使用方式，到喝湯時湯匙的動作，全都很有氣質地一一完成。

這方面我在冥界時受到社長的母親和女僕們的密集教導。在家裡社長偶爾也會指正我。

話說每一道菜都很好吃。不過因為很緊張，無法品味其中細微的滋味。

坐在我身邊的社長吃得很優雅。啊——簡直美得像一幅畫。不愧是公主！我也要小心注意通過這一關，不能讓她丟臉！於是——

「用餐完畢。第二項考驗，餐桌禮儀到此結束。」

其中一名女僕向我們鞠躬，同時如此告知我們。

我很緊張。畢竟餐桌禮儀比社交舞還困難。因為我是平民出身，完全無緣接觸高尚的用餐方式。如果沒有社長母親的指導，我大概一輩子都不會懂。

「莉雅絲公主以完美的滿分過關。」

喔喔，不愧是社長！女僕的視線移到我身上。我開始心跳加速！

「……雖然扣了一點分數……不過依然高分過關。表現得相當優秀。」

——！

我開心得忍不住握拳擺出勝利姿勢！

「太棒了————！我在使用刀叉時發出聲音，原本還非常擔心！我也辦得到嘛！」

「做得好，一誠！」

軟！

社、社長興奮地抱住我——————！胸部的觸感超棒！

社長……十分高興。她的眼睛浮現淡淡的淚光，臉也變得越來越紅。

「不愧是一誠，果然是我選擇的對象。我好高興喔……這樣下去我們或許可以順利全部過關也說不定。」

喔喔，社長好像相當感動。

「呼啊————那麼你們可以先走了。恭喜。」

撒旦綠打個呵欠，打開通往下一關的門。

……這些考驗全部結束時，我和社長會怎麼樣呢？

—○●○—

在通往最後考驗的通道中，我向社長說出我的疑問。

「對了，社長。」

「什麼事？」

「之前在我們家時有提到瑟傑克斯陛下和葛瑞菲雅的戀愛故事，他們過去到底發生過什麼事啊？」

我的疑問就是這個。我相當好奇他們兩位是怎麼認識的。如果是不該問的問題，我當然不會再問第二次。不過社長回答：

「也對……身為吉蒙里眷屬的你有權知道。大嫂的姓氏是——路基弗古斯。葛瑞菲雅．路基弗古斯。她原本是代代侍奉魔王路西法的名家千金。」

「也、也就是說，她的出身是魔王的……心腹家族？」

社長點頭肯定我的疑問：

「一誠也知道，過去在冥界，主張和天使、墮天使繼續抗戰的魔王派以及反魔王派之間發生過爭執。路基弗古斯家追隨的是舊魔王路西法。然而當時還不是魔王的某個貴族長子，和路基弗古斯家的獨生女墜入情網。」

沒錯。過去發生的那場天界與冥界之間的大戰，最後在雙方失去神和魔王的狀況告終。天使、墮天使、惡魔都幾近枯竭，連種族能否延續都有危險。儘管如此，舊魔王一族仍然極力表示要繼續打仗，於是和反對派的惡魔起了糾紛。最後舊魔王派被趕到冥界的邊疆，形成現今的惡魔社會。不過聽說至今仍然有些人對於這方面的問題懷恨在心。

不過居然是這麼回事。那就表示在那起糾紛當中墜入情網的就是……

「那就是……」

社長接著我的話說下去：

「沒錯，就是兄長和大嫂。當時兄長是反魔王派的王牌戰將，甚至有人稱呼他為英雄。至於大嫂是前魔王那邊的人，而且身為強大的惡魔，她也是前線的戰力之一。聽說她曾經和賽拉芙露陛下爭奪過『最強的女性惡魔』寶座。」

……原、原來是這麼回事。

敵對雙方的兩人墜入情網。我原本就覺得他們之間的情況好像很複雜，但是完全沒想過會複雜到這種程度。

「兄長和大嫂跨越派系，在戰爭中墜入情網。然後兩人之間的感情在戰後更是日漸濃烈。真是淒美動人。在冥界的女性之間，他們兩位的愛情故事可以說是家喻戶曉，讓大家都很憧憬。我也一樣。有人認為大嫂平常之所以擔任女僕的工作，是對兄長和現任魔王派表示忠誠，不過其實只是她喜歡做家事和比較細膩的事。與其以魔王之妻的身分做些瑣碎的雜務，不如擔任女僕要來得方便行動。為了在擔任女僕時堅守自己的立場，大嫂才會以相對應的關係對待家人。」

喔——不過敵對男女之間的愛情故事，確實是女生喜歡的情境。

我突然想到一件事。那麼號稱最強的男女之間生下來的米利凱斯大人……這位少爺就才能來看，豈不是擁有最高水準嗎？

「……不但憧憬，我也一樣十分敬愛、尊敬他們兩位。但是一誠，我同時也有這樣的感覺——他們兩位如此優秀，相較之下，我會不會是個不成材的妹妹？有時候我甚至會懷疑自己是不是真的夠資格成為繼任宗主。」

社長露出沮喪的表情。

這樣啊。社長一直拿他們兩位和自己比較。或許是因為哥哥和大嫂都太優秀，讓她感到自卑吧。這也是難免的事，畢竟哥哥是魔王，大嫂又是最強的「皇后（queen）」，再怎麼不願意也會被比下去。

無論是誰，心中都會有很大的煩惱。聽過社長的煩惱，我首次有了這種想法。身為大家崇拜的偶像，又是兩位大姊姊之一，言行舉止總是優雅又大方，即使是這樣的社長，內心也會有煩惱。

因為社長也是個普通女孩。

我再次體認這麼理所當然的事。我知道社長也是個普通女孩，但是我不知道她還有這種煩惱。從來沒有發覺。

我從社長身後抱住她。

「……一誠？」

社長訝異地呼喚我，我繼續從身後抱著她，同時開口：

「社長的煩惱……我想應該是我再怎麼樣也無法想像的問題。但是我從來不曾覺得社長是個不成材的人。如果沒有社長的話，我就無法每天過著如此美好的日子。對我而言，社長一直、一直都是最棒的女人。我在得知一切之後還是這麼認為。我會一輩子跟著社長。所以無論碰上任何事物，都讓我們一起超越吧！」

這是我最真心的話語。或許……稱不上是什麼能夠激勵人心的話。只是我想盡己所能給她一點助力。

社長握住我的手：

「……你總是看著我呢。說得也是，你說得沒錯。只要有一誠，我就覺得自己可以勇往直前。一定是因為你也讓我相當著迷吧。好，就讓我們——一起超越吧。從今而後，也要一直在一起。」

她轉過頭來，臉上已經恢復笑容。沒錯，這樣的笑容正是社長的魅力之一！正因為我心中有著莉雅絲·吉蒙里笑起來的模樣，才能夠努力向前衝。

「……不過依然只是『社長』啊……」

「妳有說什麼嗎？」

「……沒有。沒什麼。走吧！突破最後一項考驗！」

「是、是！」

社長繼續前進，我也跟了上去。

她剛才低聲喃喃自語的那句話，我沒有聽得很清楚……

我們帶著嶄新的心情，沿著通道前進。這個什麼儀式的考驗只剩下一個了！

「嗨，你們好。」

我和社長抵達撒旦藍，也就是別西卜陛下負責的考驗場地。

這次場地準備的依然是桌椅。桌上還放了文具和看起來像是影印紙的東西。

「最後一項考驗是筆試。考卷上是包括吉蒙里家代代相傳的歷史以及冥界的一般知識等等，和惡魔相關的事物統整起來的問題，你們就當作是考試吧。」

考試！嗚哇——闖到最後一關才出現我最不拿手的項目！我的臉色瞬間慘白！

「就是這樣，兩位就座吧。」

我和社長坐到準備好的位子上。撒旦藍使用魔力，變出一個大沙漏。

「那麼時間限制一個小時，開始作答。」

他反轉沙漏，測驗就此開始！

我趕緊翻過那疊考卷……唔嗯嗯！看著考卷，我的額頭狂冒冷汗。

——淨是些刁鑽的問題！

……像是什麼爵位，還有和爵位相關的上級、中級、下級惡魔等等……

魔王、大王、大公是超級大人物……爵位有公爵、大侯爵、侯爵、邊境伯、伯爵、子爵、男爵，中級好像有準男爵和勳功爵吧？這個部分和人類世界的爵位很相似但又帶有惡魔原創的含意……嗯、嗯嗚嗚嗚……不知道這是不是應用題……

全都是對我而言好像答得出來又好像答不出來，難度相當巧妙的題目！

坐在我身旁的社長寫起來有如行雲流水！不愧是才女！這種題目對她來說輕而易舉吧！糟糕。如果闖到這裡我才因為考試不及格的話，要拿什麼臉見社長和她的雙親！

我讓腦袋全速運轉，專心盯著考卷。

「好，時間到。」

撒旦藍這句話宣告測驗結束。沙漏裡的沙也悉數滑落。

…………

腦袋全速運轉的我在一小時裡拚命奮戰，然後燃燒殆盡趴在桌上。

……基本上是全部填滿了。剩下的問題就是怎麼算分，還有及格標準在哪裡。

撒旦藍用紅筆流暢地改著考卷。改社長的考卷時他的動作都是畫圈，改到我的時候——

出現好幾次打勾的動作。（註：日本批改考卷時，對的畫圈，錯的打勾）

……沒想到在自己眼前改考卷，會讓人這麼緊張……

社長顯得很平靜。果然很有大家風範。她大概覺得自己不可能不及格吧。我倒是如坐針氈、生不如死。

「好了好了。」

撒旦藍拿著疊好的考卷在桌上敲了幾下。看來是改完了。

我緊張地嚥下口水……

「莉雅絲．吉蒙里順利過關。然後赤龍帝兵藤一誠……」

為、為什麼要在這裡停頓啊，撒旦藍先生！

「過關是過關了，但是我要臨時抽考！答錯就立刻結束！只有兵藤一誠可以作答。」

這是怎樣──────！莫名其妙！別西卜陛下，拜託放我一馬好嗎！

「過去我們惡魔有過稱為七十二柱的排序。請依照順序從第一到第七十二回答出這個舊排序。」

什麼！居然問這個問題！

以前的上級惡魔排序啊。我想一下，在冥界集訓時社長的母親告訴過我，所以應該還留在我的腦裡！

我絞盡腦汁，從頭開始依序回答：

「巴力、阿加雷斯、瓦沙克、加麥基、瑪巴斯、華利弗、亞蒙、巴巴妥司、派蒙、步耶爾、古辛、西迪、貝雷特、勒萊耶、埃力格、桀派、布提斯、巴欽、塞列歐斯、普爾森、摩拉克斯、因波斯、艾姆、納貝流士、格喇希亞拉波斯、布涅、羅諾威、比利特、阿斯塔蒂、佛鈕司、佛拉斯、阿斯摩太、概布、弗爾弗爾、馬可西亞斯、斯托刺、菲尼克斯、哈法斯、瑪法斯、勞姆、佛卡洛、威沛、撒伯納克、沙克斯、維涅、比夫龍、烏化爾、哈艮地、克羅賽爾、弗爾卡斯、巴拉姆、安洛先、蓋因、姆爾姆爾、歐若博司、吉蒙里、歐賽、亞米、歐里亞斯、瓦布拉、撒共、華劣克、安托士、弗勞洛斯、安德雷斐斯、錫蒙力耶、安度西亞斯、彼列、單卡拉比、系爾、但他林、安杜馬利烏士！怎樣！」

呼……呼……我全部答出來了……社長的母親說過七十二柱惡魔一定要記住，所以要我全部硬記下來。待在冥界的那段期間我無法全部記住，但是在那之後我一直練習背誦，終於記住了！

不過上級惡魔當中好像也有不屬於七十二柱的純血惡魔。像葛瑞菲雅的路基弗古斯家之類的大概就是這種吧。聽說這種叫做「番外惡魔(extra demon)」。

「很好。那麼其中家系已經斷絕的有哪幾家？」

——！撒旦藍沒有輕易放過我，再次對我提問！真的假的！連已經斷絕的家系都要啊！

唔嗯嗯嗯嗯！我記得社長的母親連這個也一起告訴我了！因為戰爭等因素斷絕的家系！我的腦袋！設法想起來吧！

我閉上眼睛，逐一說出浮現在腦中的名字：

「瑪巴斯、華利弗、步耶爾、古辛、勒萊耶、埃力格、布提斯、巴欽、摩拉克斯、因波斯、艾姆、布涅、羅諾威、佛拉斯、概布、馬可西亞斯、哈法斯、瑪法斯、勞姆、威沛、撒伯納克、維涅、比夫龍、哈艮地、克羅賽爾、安洛先、蓋因、姆爾姆爾、歐若博司、歐賽、亞米、撒共、安托士、弗勞洛斯、錫蒙力耶、安度西亞斯、單卡拉比、系爾、安杜馬利烏士！怎、怎麼樣！」

這次比剛才沒信心！但是別西卜陛下還是點頭：

「答對了。你很厲害嘛。我原本以為你剛成為轉生惡魔，應該不會知道。這其實是個相當刁難的問題……不過你及格了。」

撒旦藍為我鼓掌……別西卜陛下的惡作劇真是叫人吃不消。哎呀——這應該是我今天最緊張的時候吧……老實說，我本來以為不行了。

撒旦藍高聲宣告：

「吉蒙里家的儀式——男女考驗到此結束。恭喜你們。」

「成功了！」

聽見結束的宣告以及祝賀的話語，我和社長開心大叫，抱在一起！

「社長————！我們順利完成了吧————！」

「是啊！你表現得很好！一誠！這樣就不會再有人質疑我們了！啊啊，我和你果然是最棒的搭檔！」

雖然不太懂，不過一定是這樣沒錯！

啾、啾。

唔喔喔喔喔！社長在我的臉頰親了幾下～～～！光是這樣就讓我覺得今天的努力都值得了！

轟轟轟轟轟。

最後一道門打開了。撒旦藍指著門的方向：

「去吧，撒旦紅在裡面等你們。去向他報告你們及格了吧。」

我和社長互相點頭示意，走進最後一道門。

—○●○—

我們沿著通道前進，前方出現亮光——再往前走，頭上不再有天花板，是片寬廣的冥界天空。

……看來這裡就是遺跡的最深處，不但沒有天花板，還寬敞得十分驚人。

這是圓形競技場吧？結構體是圓形的，又有觀眾席和比武擂台。

我和社長是從觀眾席的一角走進這個地方。擂台的中央，可以看見撒旦紅和撒旦黃──也就是瑟傑克斯陛下和葛瑞菲雅站在那裡。

我們找到通往擂台的樓梯，沿著樓梯朝樓下走去。

「恭喜你們兩位。」

撒旦黃親切地迎接我們。啊，這樣就結束了吧。

事情就發生在我如此心想之時。

撒旦紅向前踏出一步，高聲大喊：

「很好！恭喜你們可以來到這裡！但是──！吉蒙里家的考驗可沒那麼簡單，別以為這樣就結束了！兵藤一誠必須和本人撒旦紅戰鬥，作為真正的最終考驗！你要打倒我！」

擺出架勢的撒旦紅身上冒出紅色的氣焰！

什麼────────────！

對於如此驚人的發展，我嚇到眼珠快要蹦出來！那當然，哪有這種事！沒、沒、沒想到居然要我和撒旦紅──和瑟傑克斯陛下戰鬥！

「身為魔王戰隊撒旦連者的隊長，我一直很想向胸部龍討教！哼哼哼哼！讓我們一決雌雄，看看誰才是冥界真正的英雄吧！」

幹嘛把這種嚇人的話說得那麼起勁，這位撒旦紅先生——不，是瑟傑克斯陛下！要我和魔王陛下戰鬥，我哪辦得到這種有勇無謀的事——！

「呵呵呵！撒旦紅！雖然我不知道你是什麼人，但是我的一誠可是傳說中的龍——赤龍帝喔！居然想挑戰打倒北歐惡神洛基的龍，算你有膽識。」

社長！就跟妳說眼前這個人是魔王等級的強者——！的、的確，我在上次是打倒了名叫洛基的北歐神祇，不過那是靠傳說中的武器還有眾多強大的夥伴才能打贏，我一個人根本不是對手。

我一個人怎麼可能對付得了最強的魔王！

正當我慌張到手足無措時，撒旦紅發出極為強大的毀滅魔力！

「對手是足以打倒那個洛基的赤龍帝！真教人緊張！我好久沒有如此亢奮了！」

他在胡說八道什麼！這個時候只能靠葛瑞菲雅阻止他了！

「……請不要太過逞強。」

咦————！ＯＫ嗎！妳的丈夫打算對區區的一介惡魔使出全力耶！

「喝！」

呼嗡————！

「呀啊啊啊啊啊啊啊啊！」

瑟傑克斯陛下毫不留情地對我發出毀滅魔力！我好不容易閃過——

啾啪！

飛向後方的攻擊，將圓形競技場挖開一個大洞！

不行！社長的毀滅魔力我也見識過好幾次，但是能讓物體煙消雲散，不留一點痕跡的攻擊還是第一次看見！話說破壞遺跡沒關係嗎！

總之只要挨了那招就會消失！

知道自己面對危險，我讓手甲現形，對德萊格大喊！

「德萊格，準備禁手（balance breaker）囉！」

『好！我等很久了！』

倒數開始。在這段時間裡，瑟傑克斯陛下一直對我擺出奇妙的架勢。

他到底是太過胸有成竹，還是純粹喜歡擺架勢呢？

「變身時不進行攻擊是種默契！」

啊，這個地方倒是很有英雄風範地遵守。感謝陛下。

『Welsh Dragon Balance Breaker!!!!!!!』

語音響起，龍罩我的赭紅色氣焰凝聚成鎧甲的形狀！

「禁手（balance breaker），赤龍帝的鎧甲（boosted gear scale mail）！撒旦紅！既然如此我也不會手下留情！」

「哼哼哼！正合我意！」

於是我和魔王瑟傑克斯．路西法陛下展開戰鬥。

——戰鬥開始過了十分鐘左右。

「吁——呼——吁——呼——」

上氣不接下氣的人當然是我。

「怎麼啦，兵藤一誠！你只有這點能耐嗎！你對莉雅絲的心意只有這種程度嗎！」

撒旦紅游刃有餘地擺出架勢。

可惡……雖然我早就知道彼此的水準有所差異……這也太誇張了！我完全打不到他！

——神龍彈全都被他抵銷了！

我試著大小夾雜的混合攻擊，但是瑟傑克斯陛下的毀滅魔力比我強大太多。我的攻擊沒有一發打得中！使出的攻擊全被那些穿梭自如、游移不定的魔力球體削弱，最後消滅！

飄浮在撒旦紅周圍的那些球體，似乎是由毀滅魔力形成，體積雖小，威力卻相當不得了。光是碰到就可以消除攻擊。

我也試過展開龍之翼衝過去，準備進行肉搏戰，但是三兩下就被化解。瑟傑克斯陛下在肉搏戰方面也強到不像話。他的拳頭散發毀滅魔力，可以輕而易舉地破壞我的鎧甲。

總而言之，就是實力差距太大根本打不起來。

嘿嘿嘿，我原本還以為自己已經變強很多了。果然要對付魔王瑟傑克斯陛下還是太過勉強嗎？

「赤龍帝小弟——！加油☆」

「再加把勁吧。在現在這個階段面對瑟傑克斯可以打個十分鐘，就證明你很有前途。老實說，我沒想到你可以撐到這麼久。你這個赤龍帝表現得比我預期中的還要好。」

「……ZZZZZ……」

各位魔王陛下也在加油區為我打氣。你們在那邊觀戰倒是很開心的樣子嘛！除了瑟傑克斯陛下以外的陛下都已經拿下頭盔露出真面目！

可惡！阿斯莫德陛下甚至睡著了！對幾位陛下來說，今天一定是來參加超有趣的活動，玩得很開心吧！

「毀滅之力……難道！」

摸著下巴沉思的社長好像察覺什麼！妳總算發現啦！沒錯！那個人就是——

「他是巴力家的人！」

還是沒發現————！也、也是，她大概完全沒有想到自己的親哥哥，會玩這種英雄遊戲吧……

撒旦紅指著我說道：

「你喜歡莉雅絲吧？憑你的表現像話嗎？如果你沒有辦法拿出足以打倒我的氣概，那麼我便不能把莉雅絲交給你！」

您說得沒錯！但是問題在於能夠打倒您的傢伙，就算找遍全世界也沒幾個吧！沒辦法了！坦尼大叔！我要用了！

我深吸一口氣，讓肺部充滿空氣。接著屏息在腦中想像肚子裡有火焰在翻騰。我在肚子裡以魔力製造火種！這是我能力所及的火焰魔力極限！

我要展現在暑假的修煉學到的招式！將倍增的龍之力——

『BoostBoostBoostBoostBoostBoostBoostBoostBoostBoostBoostBoost!!』

『Transfer!!』

轉讓給肚子裡的火種，然後從口中與吐氣一起噴射！我打開面罩的嘴部！

轟————！

我對著瑟傑克斯陛下從口中噴出火力強大的火焰吐息！

這就是我在那次修煉當中學會的龍族招牌招式——火焰吐息！外觀和威力都不及大叔，但是不同於神龍彈，這招可以進行廣範圍攻擊！我要用這招加熱瑟傑克斯陛下！題外話，名稱正如外觀所見，就叫「火焰吐息（flame blaze）」！

「完美的龍之吐息。不過——」

瑟傑克斯陛下點點頭之後，舉手橫掃——毀滅球體便四處亂竄，鑽進火焰當中——然後突然膨脹變大！

啪————

膨脹的球體使得毀滅之力擴散，廣範圍消除火焰。那種球體可以脹到那麼大啊！我噴出的火焰為之消除，剩下的部分也跟著消散。

『搭檔，長期戰不利於我們。既然要打就得一鼓作氣解決他。』

話是這麼說沒錯，德萊格，但是我們有勝算嗎？

『……相當困難。老實說，我沒想到他會強成這樣。或許他比前路西法還要強也說不定。單純的力量——破壞力方面相當驚人，然而那股毀滅魔力更處於不同層次。看來他將所有的技術和才能都貫注在「消滅」這件事上。說不定那招已經沒有消除不了的東西。』

我不想知道這種資訊！

在這個絕望的局面當中……撒旦黃，也就是葛瑞菲雅對我招招手。怎、怎麼了？

葛瑞菲雅身邊還有社長。

我的視線盯著瑟傑克斯陛下，然後前往葛瑞菲雅那邊。

「有、有什麼事嗎？」

我收起頭盔的面罩部分發問，於是撒旦黃說聲：

「一誠先生。請摸莉雅絲的胸部。」

——！

衝擊性的發言讓我從鼻子噴血！社長也滿臉通紅！那當然，突然聽見這種話，我和社長都不知道該如何是好！

撒旦黃俐落地以魔力變出簡易試衣間，把我和社長推進去！

撒旦黃以叮囑的語氣對社長說道：

「聽好了，莉雅絲．吉蒙里。這是我的建議。妳對於赤龍帝的信賴應該比任何人都還要深，既然如此，妳也熟知他的特性吧——沒錯，只要有胸部就能夠讓他脫胎換骨。」

聽葛瑞菲雅這麼說，我感到很難過！對啦！反正我就是只要有胸部就能夠脫胎換骨的胸部龍！

『對啊——就是說啊——』

啊，德萊格的聲音變得平板又不帶感情——！振作一點，赤龍帝！

社長……伸手摸著下巴沉思一會兒，然後用力點頭：

「雖然不知道妳是敵是友，要接受妳的意見讓我感到不太高興，不過事到如今也只能這麼做了。」

社長還沒發現撒旦黃就是葛瑞菲雅……

接著社長開始脫起制服——————！白皙的肌膚、渾圓碩大的胸部逐漸展現在我眼前！

啪。

在胸罩背鉤解開的瞬間，得到解脫的胸部一邊晃動一邊現身——————！

粉紅色的乳頭無論看幾次都不會厭倦！我感動落淚！社長的裸胸果然和無敵艦隊一樣強大！太棒了！隆起的前端是那麼飽滿，讓我覺得死而無憾！

社長帶著堅定的眼神說道：

「來吧，一誠！若是能夠突破這項考驗，我很樂意把胸部借給你！我要和你一起突破這項考驗，讓大家認同我們！上吧，一誠！」

社長——————！妳袒胸露乳還以這番話對我表示妳的決心！我！我要和社長一起突破這項考驗！

「社長！莉雅絲．吉蒙里大人！我要觸摸妳的胸部，和妳一起突破這項考驗，打倒撒旦紅！」

我解除前臂部分的鎧甲，雙手對準社長的胸部！我要用上整個手掌！將雙手的五指全都用來揉社長的胸部！

「我是妳的『士兵(pawn)』！同時也是赤龍帝兵藤一誠！我要讓他好好見識胸部龍的毅力——

——！」

軟〜〜〜〜！

雙手的五指陷入社長豐滿的胸部之中。輕輕觸碰，慢慢品味這種觸感！感覺質感極佳的柔軟胸部逐漸包裹我的雙手！

揉啊揉啊！我動手了————！觸感超讚————！

噗嘩————————！

噴出鼻血的規模也達到最大！

啊啊啊啊啊啊！胸部充滿肉感又柔軟的觸感透過手掌刺激我的腦袋！就是這個！這就是社長的胸部！

「呀啊……」

——！

社長的嬌喘給我致命一擊！我的雙手讓社長發出聲音！

「唔喔喔喔喔喔喔喔喔喔喔喔喔喔喔！來啦來啦來啦來啦來啦！」

龍之力在我全身上下奔流！

轟——————————————————！

鎧甲各處猛然噴出龍之氣焰！各個寶玉也綻放更加強烈的赭紅色閃光！

力量不斷湧現！社長的胸部力量！能夠讓我提升到這種境界！

或許這就是胸部龍和開關公主吧！

「既然要拚，就是孤注一擲！德萊格！把這股力量全部轉移到神龍彈，用這一擊打飛撒旦紅吧————！」

『好！包在我身上！』

我將所有能量集中到雙手！目標是——撒旦紅，瑟傑克斯陛下！

瑟傑克斯陛下！領教我和社長的心意吧！

「這就對了！來吧！你和莉雅絲的愛凝聚而成的力量！身為哥哥，身為大舅子，我一定要接下來！」

飛在瑟傑克斯陛下身邊的毀滅球體也集中在一點！他打算正面接住我的攻擊！

「正合我意！撒旦紅————！接招————！我和社長凝聚出來的神龍彈．新胸部爆裂版————！」

我喊著臨時想到的強化版神龍彈之名，朝前方發動攻擊！

—○●○—

「……………哎呀？」

等我回過神來，眼前是社長的臉……後腦勺有種柔軟的觸感。這是社長的大腿？這樣啊。我正躺在社長的大腿上吧。

「你醒啦？呵呵呵，一誠真是的，攻擊之後就昏倒了。」

社長笑著開口。我挺起上半身——發現自己身在圓形競技場的比武擂台中央。我環顧四周，發現圓形競技場遭到嚴重破壞！

「一誠和撒旦紅那一戰，讓這個鬥技場變得破爛不堪。之後大概得派修復小組來這裡才行吧。」

啊——破壞得這麼嚴重啊。哎呀，那個時候打得渾然忘我，完全無法考慮這些問題。

「啊。撒旦紅呢？」

「消失了。其他人也是。」

……看來我沒有打倒他。

這時德萊格在我心中對我說道：

『搭檔。』

「嗯?怎麼了,德萊格?」

『那個魔王路西法,他把剛才的神龍彈抵銷了。我知道他在惡魔當中也是強到非比尋常,但是沒想到居然這麼厲害……在那之後,他和其他魔王一起趁著爆炸的餘波迅速離開。不過以現在來說,面對那個男人能打到這種程度,證明你已經成長許多。如果是幾個月前,你大概瞬間就會被打倒吧。』

「——」

真的假的。我已經貫注相當強大的力量在裡面,而且洛基那一戰之後,我在修煉方面也不曾懈怠。

我對剛才那發神龍彈還挺有自信的……就連戳了社長的胸部得到力量對他也無效啊。可是我也覺得自己能夠打到那種地步,已經算是很厲害了。

感覺德萊格的聲音當中帶有幾分敬畏之意。這個傢伙上次說這種話,已經是芬里爾那個時候。啊,好像還算是最近。

這就表示瑟傑克斯陛下果然很厲害。

「你們兩個都做得很好。」

——是瑟傑克斯陛下的聲音。

我看向聲音傳來的方向，瑟傑克斯陛下已經換回平常的打扮。身穿女僕服的葛瑞菲雅也隨侍在身邊。

「兄長。您剛剛來到這裡？」

「是啊，我想考驗差不多結束了。」

……社長，拜託妳敏銳一點。撒旦紅就是瑟傑克斯陛下。瑟傑克斯陛下也是，就坦白告訴她嘛！

我和社長原地起身，瑟傑克斯陛下把手放在我和社長的肩上：

「做得很好。你們兩個都及格了。」

聽到這句話，我和社長相視而笑。

成功了！經過種種考驗，最後還和瑟傑克斯陛下打了一場，不過總算是過關了！

「這樣老爺和夫人也可以放心吧。」

葛瑞菲雅如此說道。她已經完全進入女僕模式了。

「一誠，真是不好意思，突然要你參加這種儀式。」

瑟傑克斯陛下向我道歉！

「不、不會！快、快別這麼說！反正最後能摸到社長的胸部就ＯＫ！」

這是我的真心話。畢竟今天玩得很開心，而且社長的胸部真的超棒！

「能聽到你這麼說就好。我也很在意你和莉雅絲今後會如何發展。托你們的福，透過今天的種種，我好像看見美好的未來——莉雅絲就交給你了，一誠。」

「是！」

太複雜的事我不懂，但是我會守護社長一輩子！

因為她是我愛的女人！

「恭喜妳，小莉雅絲！」

利維坦陛下突然從旁邊出現，撲到社長身上。哎呀呀，她是什麼時候冒出來的。

「……啊——終於結束了。」

邊嘆氣邊開口的人是阿斯莫德陛下。前來監督這場考驗，真是辛苦您了。不過至少魔王的工作還請好好完成。

正當我在心中這麼想時，有個人影來到我的眼前——是阿傑卡・別西卜陛下。他盯著我一直打量。正確來說，他對我的神器露出很感興趣的眼神。

「你體內的『惡魔棋子（evil piece）』借我看一下好嗎？」

話還沒說完，別西卜陛下伸出食指抵在我的胸口，展開好幾層小型魔法陣。

魔法陣的惡魔文字和數字以驚人的速度不斷跳動。

「喔喔，你好像在嘗試很有意思的事嘛。潛入神器是吧？因為這是將靈魂封進神器當中的類型，才能夠這麼做……提出這個方法的人，應該是墮天使的總督阿撒塞勒吧。」

陛下似乎笑得很開心。才看那麼一下就可以知道這麼多！我聽說陛下在技術方面的表現很優秀，但是沒想到居然這麼厲害！

老師！這位魔王陛下瞬間看穿老師的假設了！

「……棋子的力量、特性受到某種作用的影響，正在逐漸變質。這種現象很有意思。我的程式裡面沒有的程式碼蓋過原本的程式碼。根據我的目測，應該是受到『霸龍(juggernaut drive)』的影響……但是更新的方式太過雜亂。這樣的程式很容易出錯——好，就讓我來幫你體內的『惡魔棋子(evil piece)』加點東西吧。」

——！

聽見他突然的提議，我大吃一驚：

「這、這樣好嗎？這麼做不會在排名遊戲當中造成不公平的情況嗎？」

「當然，我會設下在遊戲當中無法發動的限制，但是實戰當中能用總是比較好吧。不，在遊戲中可以用的話，好像也挺有意思的。喜歡突發狀況的觀眾或許會喜歡這種要素。還是依規則和對手而定好了。總之你身為赤龍帝，未來還得對抗眾多敵人，有個能夠讓你發揮創意活用能力的環境比較好。更重要的是這樣觀眾也會比較開心。而且我還得答謝你在我們家的人失控時阻止他。」

——家人。是指迪奧多拉。

雖然是因為他意圖染指愛西亞，但是在我痛毆他一頓之後，他被舊魔王的幹部給殺了。別西卜陛下是阿斯塔蒂家出身的。

「你不需要在意那件事。完全錯在我們。反而是造成你的困擾，讓我很過意不去。」

如此說道的他再次展開好幾層魔法陣，似乎是在調整什麼。

聽他的話，好像對那件事不是很感興趣。最不把那件事放在心上的人或許是他吧。

我忽然想到一個問題，於是問道：。

「請問……陛下在『惡魔棋子(evil piece)』當中放入了多少隱藏要素啊？」

「我怎麼可能告訴你。身為創作者，就是希望使用者自己找出這些東西。」

這是他的回答。個性真是難以捉摸。還稱呼惡魔為「使用者」。感覺好像有某種獨特的講究之處。

瑟傑克斯陛下面帶苦笑說道：

「阿傑卡是屬於『創造』事物的類型，在惡魔當中也相當罕見。多虧有他，冥界的技術發展差不多跳了五級，但是對於平常的魔王業務就漠不關心。」

「享受創作的樂趣比較符合我的個性。」

這樣啊，以惡魔來說也是很少見的類型。

利維坦陛下在我耳邊開口：

「小瑟傑克斯和小阿傑卡打從以前就是朋友兼勁敵。他們兩個原本都是路西法的候選人，但是統領他人這一點是小瑟傑克斯比較優秀，所以由小瑟傑克斯出任路西法，而小阿傑卡就當上別西卜☆」

喔──他們之間還有這樣的過去……勁敵啊。像我和瓦利一樣嗎？好吧，我們是不像兩位陛下能夠和睦共處……我和那個傢伙基本上是敵對的。

「你們兩個都工作過度……凡事應該更悠哉一點……我跟不上你們……認真工作就輸了喔……？」

……阿斯莫德陛下以魔王來說也是很罕見的類型吧。請你工作好嗎。

「好，這樣就可以了吧。」

別西卜陛下好像調整完畢，收起魔法陣。

我摸摸胸口……感覺好像沒有什麼變化……

「……有什麼改變嗎？」

「有什麼改變得看你今後的發展。我加進去的只是契機。只是在眾多上鎖的門前面準備鑰匙。要從那麼多門當中選擇哪一扇開鎖走進去，一切操之在你。」

……簡單來說就是他了給我關鍵，至於要如何處理就看我了。

「別西卜陛下和我們老師——阿撒塞勒老師應該很合得來吧。」

他們兩位都是技術人員個性，感覺應該很合得來，但是別西卜陛下搖搖頭：

「不不，我覺得我和他看似合得來，其實不然。他擅長的是針對原本存在的東西進行研究、開發，而我則是喜歡從零創造原本沒有的東西。乍看之下很類似，但是其中微妙的差別應該很大吧。」

嗯——是這樣嗎？我歪頭思索。別西卜陛下轉身說聲：

「好了，回去吧。我在人類世界創造『遊戲』，我不在的話經營方面會有問題。」

「阿傑卡，是你說過的那件事嗎？還是你的興趣？」

聽瑟傑克斯陛下的問題，別西卜陛下揚起嘴角笑道：

「沒錯，我很重視我的興趣。對了，赤龍帝，你要不要加入我的遊戲啊？很簡單的，只要靠著行動電話就可以加入囉？」

他的詢問讓我覺得不太對勁。

「不、不了，我就不參加了。」

所以我加以推辭。別西卜陛下苦笑說道：

「這樣啊。真可惜。那就期待和你再次見面——革新吧。」

嗡——

展開魔法陣的別西卜陛下，隨著空氣的震盪消失在轉移之光中。

阿斯莫德陛下也在不知不覺間消失。他大概早就走了吧。

「好了，晚點要在老家舉辦恭喜你們突破考驗的慶祝派對。我們已經把莉雅絲的眷屬叫來了。」

瑟傑克斯陛下如此說道。

大家都到冥界來啦。而且還要舉辦派對慶祝我和社長突破考驗！

這樣讓我有點高興！可以吃到好吃的東西！雖然剛才也吃過，但是今天實在發生太多事情，我的肚子又餓了！

嗯？葛瑞菲雅展開魔法陣，她想做什麼？

正當我心生疑惑時，眼前的魔法陣當中出現一隻不知道是老鷹還是獅子的生物——是鷲獅。啊，我見過牠！

「是我和社長逃離訂婚派對時騎的那隻！」

聽到我的話，瑟傑克斯陛下點點頭：

「沒錯。我們會利用魔法陣先回去，你和莉雅絲就騎著牠回去吧。」

為什麼？魔法陣應該比較快吧……

這時葛瑞菲雅在感到訝異的我耳邊說道：

「這是給大小姐的優待。請一誠先生在路上多多關照。」

優、優待……?今天一整天發生的事都讓人摸不著頭緒。

「莉雅絲、一誠。最後告訴你們一件事。這件事原本會在派對上宣布，不過我先告訴你們兩個——你們和塞拉歐格的遊戲已經確定了。」

「——!」

瑟傑克斯陛下的報告讓我和社長同時大吃一驚。這樣啊……終於確定了。

「開始時間可能會和駒王學園的校慶差不多。剩下的時程我們會調整，總之你們記住這件事。」

教學旅行之後就是校慶。從教學旅行回來之後，終於要和那個人一較高下。

……嘿嘿，第二學期的活動真是緊湊。

我和社長確認這件事之後，騎上鷲獅飛向空中。

騎著鷲獅在冥界的空中飛了十幾分鐘。

我和社長吹著舒服的風，從空中鳥瞰地上的風景。

這讓我回想起第一學期。我闖進訂婚派對，第一次變成禁手（balance breaker）揍飛萊薩。然後帶著社長逃出來。

坐在我身後的社長突然貼到我的背上。

「……我回想起那個時候的事。」

「我也是。」

這樣啊，社長心裡也在想同一件事。

「你還記得當時你在鷲獅背上對我說了什麼嗎？」

「記得。無論多少次我都會去救社長。因為我是莉雅絲‧吉蒙里的『士兵(pawn)』。」

「嗯。」

社長伸手抱住我的腰，緊緊貼著我不放。

好幸福……我現在真的很幸福。能夠和喜歡的女人一起在空中兜風。再也沒有比這個更幸福的事了。

啊，對了。我們當時的對話還有後半段。

「我想要社長的初夜這點現在依然沒有改變！」

我用力表示我的主張，社長嘆了口氣，似乎很受不了：

「真是的……稍微考慮一下氣氛吧。」

被罵了。嗯——我好像太過忠於自己的慾望。

正當我在心裡反省時，社長輕笑一聲：

「我們要一直在一起喔，心愛的一誠。」

「是的，那當然。」

我由衷希望，自己有一天也能說出「心愛的莉雅絲」。

後記

好久不見。我想這次的短篇集應該比各位想像的還要自由奔放吧。

在上一集的後記中，我說過短篇集會是7．5集，但是因為種種因素變成第8集。真是不好意思。那麼接下來介紹各個短篇～

〈惡魔的工作〉　時間關係——第1集後

這則故事是值得紀念的第一篇短篇。刊登時愛西亞還沒有出場。這次修正為短篇集版本。當初是刊登在和第1集同月出刊的《DRAGON MAGAZINE》上。明明是系列作起步時的重要宣傳短篇卻出現鎧甲武士，當時的我真是膽大妄為。那時候到底怎麼了……這也是第8集副標題的由來。

〈使魔的條件〉　時間關係——第2集後

這則故事是みやま老師的提議催生出來的短篇。みやま老師知道我喜歡神〇寶貝，便向責任編輯提出「寫個類似神〇寶貝的故事應該不錯吧？」的意見，我也寫得很起勁。故事當中出現相似的人物以及使用相似攻擊的魔物，但是千萬不可以介意。雷誠的屬性是龍系、雷系。話說吉蒙里眷屬都是惡魔，所以全都是惡系……非常不擅面對格鬥。

〈胸之回憶〉　時間關係——第3集後

這是刊登在《DRAGON MAGAZINE》附錄海報背面的極短篇。在某種意義上，這是形成胸部龍——形成現在的一誠的重要故事。如果沒有遇見連環畫劇的大叔，一誠會變成什麼樣子呢……無法想像。

〈網球胸部〉　時間關係——第4集後

因為想寫網球的故事，和責任編輯討論過後寫成的就是這篇。這又是另外一個慘烈的故事。在上一集的後記當中我預告過「會有雪女登場！」不知道各位覺得如何？沒想到みやま老師會畫出萌萌大猩猩的插畫，所以我也在看到的瞬間捧腹大笑。みやま老師從可愛的女孩到衝擊的雪女都畫得出來，是最棒的插畫家！

另外，本篇和某網球王子一點關係也沒有。

〈地獄教師阿撒塞勒〉　時間關係——第4集後

這是開始短篇連載的第一篇故事。完全是為了讓阿撒塞勒老師有所表現，並且因為想寫莉雅絲和愛西亞的蘿莉版而動筆。故事中出現超級機器人，不過基本上短篇比長篇還要百無禁忌又帶有平行世界的成分，所以有機器人登場也不奇怪。差不多從這個時候開始，朱乃已經逐漸定位成展露性感的角色。

另外，本篇和某靈異教師沒有關係。

〈300（three hundred）一誠〉　時間關係——第5集後

參加《DRAGON MAGAZINE》企劃的故事。是以三百這個數字為主題寫成的。故事是描寫一誠增加到三百個釀成的悲劇。

另外，本篇和某部描寫三百名壯士的電影沒有關係。

〈歡樂的紅髮家族（吉蒙里）〉　時間關係——第7集後

帶有補充設定含意的全新創作短篇。針對瑟傑克斯和葛瑞菲雅的關係也在此稍微揭露。瑟傑克斯的眷屬都和妖怪一樣強，使得周遭的人和一誠都相當畏懼，但是以一誠為首，莉雅絲的眷屬也都是怪物。真是對可怕的兄妹。

責任編輯表示「莉雅絲最近沒什麼顯眼的表現，為她寫個故事吧。」之後就寫得相當順利。身為第一女主角，最近卻被朱乃的攻勢壓倒……朱乃的人氣太高了！不，社長也很有人氣喔？

這次也有許多首次出場的人物。四大魔王當中尚未露臉的阿傑卡還有暱稱法爾比的法爾畢溫。瑟傑克斯的前勁敵和懶惰的魔王。阿傑卡的實力和瑟傑克斯在同一個層級，不過是個不折不扣的創作者，喜歡負責幕後工作。

阿傑卡的發言有一部分算是給從之前就支持我的讀者一點額外樂趣。同時也代表會有某種伏筆的可能性……說不定吧？

補充一點隱藏設定。瑟傑克斯的眷屬當中有「深海光魚巴哈姆特」，賽拉芙露的眷屬有「陸上魔獸王貝西摩斯」，阿傑卡的眷屬有「冥府王蛇法拉克」，法爾畢溫的眷屬有「蒼藍聖牛庫賈塔」。全部都是傳說中的魔獸。

因為只是設定，所以用到的機會……幾乎沒有吧。獻給喜歡設定的讀者。

「番外惡魔(extra demon)」是指並非七十二柱，但是也很有名的惡魔。其中也包括像是梅菲斯托費勒斯等非常強大的惡魔，但是他們都主動退到冥界深處，和現任惡魔政府保持一定的距離。殘存的家族數量也是屈指可數。葛瑞菲雅他們家除了她以外生死未卜。關於「番外惡魔(extra demon)」的部分，現階段只存在設定當中。

第三部也是一誠在惡魔世界的內外兩側多看多學，累積經驗而成長的故事。所謂內側是指惡魔業界，外側就是和其他勢力接觸。一誠在這當中能夠得到什麼呢。「禍之團(Khaos Brigade)」也將再次行動。

不過面對魔王依然選擇正面衝突……一誠依然是個熱血的傢伙。

阿傑卡對一誠動了點手腳……那麼那麼，下一集將如何發展呢！

下集終於進入教學旅行篇。一誠等二年級成員將在京都大鬧（？）一番。

接下來是答謝部分。みやま零老師、責任編輯H先生，第八集順利上市了。感謝兩位！礙於篇幅，無法將連載時的插圖全部刊登上來，真是令人扼腕。真希望可以推出D×D的插畫集。就連身為作者的我也很想要。

還要感謝各位讀者。托各位的福，銷售量逐漸成長中！雖然不知道這個系列可以持續到什麼時候，但是能寫到哪裡，我就會盡己所能寫下去。未來還請各位多多支持鼓勵。

下次還能推出短篇集的話，我想寫瓦利隊的故事做為新作短篇。

其實我還有在寫別的故事。如果可以和D×D同步進行就好了。

另外一個故事也和D×D同樣世界觀，不過我希望可以寫得讓D×D的讀者和新的讀者都能看得盡興。現階段將以D×D為第一優先，還請各位耐心等待。

其實這本短篇集當中也藏有不少相關要素……也說不定。還請大家支持！

國家圖書館出版品預行編目資料

惡魔高校DxD. 8, 惡魔的工作 / 石踏一榮作 ;
Kazano譯. -- 初版. -- 臺北市 : 臺灣國際角
川, 2013.04
　面 ;　公分. -- (Kadokawa fantastic
novels)
譯自 : ハイスクールD×D. 8, アクマのおしごと
ISBN 978-986-325-307-5(平裝)

861.57　　　　102002586

Kadokawa
Fantastic
Novels

惡魔高校D×D 8

惡魔的工作

（原著名：ハイスクールD×D8 アクマのおしごと）

2013年4月25日 初版第1刷發行
2020年4月20日 初版第4刷發行

作　者：石踏一榮
插　畫：みやま零
譯　者：kazano

發行人：岩崎剛人
總經理：楊淑媄
資深總監：許嘉鴻
總編輯：蔡佩芬
編　輯：高韻涵
美術設計：黃永漢
印　務：李明修（主任）、張加恩（主任）、張凱棋

發行所：台灣角川股份有限公司
地　址：105台北市光復北路11巷44號5樓
電　話：（02）2747-2433
傳　真：（02）2747-2558
網　址：http://www.kadokawa.com.tw
劃撥帳戶：台灣角川股份有限公司
劃撥帳號：19487412
法律顧問：有澤法律事務所
製　版：尚騰印刷事業有限公司
ＩＳＢＮ：978-986-325-307-5